花野へ……

――夢・易・ユング

たにがわ　ようこ

師・友田不二男氏と
おつきあいいただいたすべての方がたに。

花野へ……
——夢・易・ユング

目次

カット　齋藤未来
カバーデザイン　齋藤朝生

1　迷い

一九九八・大晦日《おおみそか》

DEAR、ハナノ

今年も今日一日で終わりです。大晦日の午前、ハナノは何をしているのでしょうか。

私は今、モーニングコーヒーを飲みながら、この手紙を書いています。

しばらくハナノには手紙を書いていませんでしたが、このごろときどき、ハナノが東京に行く前に二人でお酒を酌み交わしながら、時が経つのも忘れて話し込んだことを思い出します。もう、六年くらい前になるかしら？

正確には覚えていませんが、あのとき、私はこんなことを言ったと思います。

「子どもたちを一人立ちさせてからという思いがなければ、今の仕事はすぐにでも辞めて、好きなことをしていたな。私一人分の食扶持《くいぶち》ぐらいなら、なんとかなりそうな気がするし……」と。

ハナノは、真剣な面持ちでじっと私を見つめ、しばらく黙っていたあと、

「そうなのよね、私、子どもがいないんだから、仕事を辞めてもいいんだよね……」

そして、二年後。

あなたは、あの一流銀行を辞めて東京で作家活動を始めたのでした。ハナノが上京した最初の春、あなたのこじんまりしたアパートで、七時間近くもおしゃべりしましたね。昼食時から夕方、陽が落ちるまで。おいしいワインとハナノの手作り料理、まったく申し分のないひとときでした。

そのときハナノは、以前居酒屋「Ｄａｄａ《ダダ》」で過ごしたときのことをふり返って言いました。

「あのとき、ハコベに言われて、はっとしたのよね。」

あれから、あっという間の六年間。

私の娘たちは大きくなって、なんとか自分の力で生きていけそうになりました。カスミは失業中で、アサオはまだ就職先が決まっていませんが、とにかく、自分でアルバイトを見つけてきて、なんとか生きていけそうになりました。二人ともひとり暮らしを経験し、会うたびにはっとするほどおとなびてきましたし、なんだかとてもたくましくなってきました。

それなのに、私はまだ仕事を続けています。いやだな、仕事したくないな、と思いながら。

「背覚《はいかく》」→覚知《かくち》に背《そむ》く

近ごろ、この言葉がたびたび脳裡《のうり》をよぎります。今年の夏、カウンセリングのワークショップの中で登場した言葉です。仏教用語だそうで、覚知を正しく受け容れることを「正覚《しょうがく》」と言うのだそうです。手持ちの広辞林には、

「正覚《しょうがく》」しか載っておらず、次のように記されていました。

「妄惑《もうわく》を断絶して、仏果《ぶっか》を成就する真正《しんせい》の覚知のこと。ただしい悟り。」

覚知というのは、自身の感じたことや行いなどをはっきり知ること、はっきり自覚することだと思います。

私は覚知することを促《うなが》されているのに、それに背《そむ》いているのではないか、という想いが、しばしば、ふっ、ふっと、湧いてくるのです。なんだかすごい言葉だと思いませんか、「覚知《かくち》に背《そむ》く」なんて。

ほんとうは、正しく覚知できる核みたいなものが、だれにでもちゃんとそなわっているのに、私は、目先のことや、老後の生活や、住宅ローンやらなにやらのことで、覚めないように、気づかないようにしているのではないかという気がしてきたのです。

仏教では、私たちの内にちゃんと仏がいるのだと説いているし、キリスト教もイエスは、「神はわれわれの内に住み給う」と説いているそうですね。「人間の仏性《ぶっしょう》」「人間の神性」というのは、きっとそういうことだと思うのです。でも、私を含めた多くの人は、それに気づきたくないのかもしれません。なぜって、なんだか今まで住み慣れた所ではない場所に行ってしまいそうなのですもの。

私は覚知《かくち》に背《そむ》きつづけて、あなたはやむにやまれぬ内なる声に従って上京し、伊多知先生から夜中といわず未明といわず、おしかりのＦＡＸを送りつけられながら、書きに書きまくっていましたね。幽霊《ゴースト》であろうと「それも修業、鍛錬だと思うのよ」と言いながら。ハナノが「あのＦＡＸ攻勢は怖かったわよ」と真顔で語ったとき、私は、一つの事を為し遂げようとするときの厳しさを垣間見ました。私は、その厳しさを避けようとしている……

あなたの部屋にあったエレキバン、湿布薬、ビタミンＣ＋Ｅの飲み薬。肩こり、ひどかったのでしょうね、日がな一日書きまくって。でもハナノは覚知《かくち》に背《そむ》かなかった。風の強い晩秋の午後に、突然旅立つその瞬間まで志《し》操《そう》を貫いた……

私、もし明日死んだら、後悔するかしら？　ほんとうは、ほうとうは、日がな一日書いていたかったと。

もちろん、毎日何かは書いているのです。読後感想、私たちのオアシス「ぺんぺん草」のレポート、手紙、そして照れますけど日記など。「単行本を一冊」は、離婚を決意したときからの夢ですが、もしも書くことそのことが生きていることならば、なにも単行本にしなくてもいいような気がしてくるのです。

何かの記念……生きた証《あかし》なんて肩肘張らずに、私の大切な人たちに捧げる意味での単行本なら出版できそうかしら。

ああ、ハナノの声がする……

「それでいいんじゃない、ハコベ。」

とにかく、仕事を辞める辞めないに関わらず、記念の本を出版してみましょうか、何を書くかが問題ですが。

そう思うと、なんだか無理なくできそうな気がしてきます。

ハナノ、あなたは風のように旅立ってしまったけれど、後悔してなかったでしょう？　それまでの人生を。「いつか自分の名前で本が書ける」。そんなふうに思いながら、あのよく晴れた秋の日に、伊多知先生の家へと自転車で颯爽《さっそう》と出かけて行ったのですよね。

私だって明日のことはわからない。一瞬先のこともわからない。もし、明日癌になったら仕事を辞めて書くと思っているのなら、今、そうしてもいいのですよね。明日、癌だとわかるかもしれないし、ハナノと同じように突然旅立ってしまうかもしれないのだから。なのに、どうして今、できないのでしょう？

今、辞めたら……定年前だから今後の生活も気になりますが、職場の雰囲気がとても気になっています。病院が新築されて、今までより少し広くなったのはいいけれど、お年寄りをこんなに歩かせるのかと腹が立つほど動線を考えなかったような作りですし、階段も古い建物より段差がありすぎるのです。患者さんにもスタッフにも使いにくくなったうえに、フロアが広くなった分、各セクションが分断された感じになってしまい、なんだかコミュニケーションがうまくとれず、スタッフ間がいっそうぎこちなくなってきました。そんな中で、最新鋭装置をフルに使いこなせない、紅一点、天然呆けおばさんの私が、どういうわけか潤活剤になっているらしいのです。一緒に放射線技術学会に行った後輩のワカタケ君が、ポツリと言ったものです。

「今、ハコベさんが辞めると、なんか俺たちのセクション、もっとギスギスするような気がするんですよ。」

私は、事あるごとに「いつでも辞めてやる」みたいな爆弾発言をするものだから、彼はとても心配しているみたいなのです。入職してからまだ二、三年なのに……不協和音を感じとっているのでしょうね。それでも、私にとっては、今は一〇年前よりはるかに居心地はいいのです。重箱の角《すみ》をほじくるように、ねちねちと小言を言う先輩はいないし、挨拶しても無視されるということもありません。弟や息子のような後輩が増え、私の仕事をカバー、フォローしてくれるし、最新鋭機器の操作も、「猿でもできるマニュアルを!」と冗談を飛ばしながら、最低限必要なことはしっかり教えてくれたりします。今、仕事を辞めたら、〝弟たち〟を見捨てることになるのではないかと思うと、胸がチクチクと痛みます。

アサオの就職が決まらないのも心配で……。就職浪人させるくらいなら、私はもう少しがんばって、彼女の留学とか別な学校への再入学のために働こうかと思ったりします。そういう意味で言えば、カスミもまだ大学への望みがあるようですし……辞めるのはもう少し待ってみようかとも思うのです。仕事をしながら、カウンセリングの学習もして、書くというのは、かなり厳しいですけれど。それにしても……最近は、機械化に拍車をかけるような医療の仕事が、私にはとみに苦痛になっています。

ところで、先日、面白い夢を見ました。

前月から何年かぶりで、健診センターの業務も再度ローテーションに加わったのですが、その初日のこと。私は、不慣れなこともあって、医師が写真を見る時間までに現像を終わらせることができなかったのです。チイ先輩が「準備悪くてごめんね」と、気づかってくれましたが、前日、センターで打ち合わせしたにもかかわらず、手順をしっかり聞けていなかった私もいけなかったのです。その三日後の夢でした。

私は健診センターで仕事をしていました。このセンター、現実の繁華街にある建物ではなくて、山の中の温泉旅館でした。私の仕事場は、旅館のロビーのような所で、古いエックス線装置が所狭しと置かれていました。そのうえ、ロビーは健診を受ける人やスタッフであふれかえっていました。全体の仕事の流れも相も変わらずスムーズに運びません。九時半までには、一秒の狂いもなく現像しなくてはと気が焦るものの、胸部撮影の私の仕事の方に受診者が来なくてはどうしようもありません。一〇年キャリアのワカギ君が手伝ってくれてるのですが、なんだかごたごたしっぱなしです。大先輩は、透視のモニターにくらいついていて、このごちゃごちゃを解消する気は全くないといった感じです。

ようやく予定の仕事が終って帰るとき、チイ先輩が申し訳なさそうに出口まで見送ってくれました。出口は別館への渡り廊下の途中にありました。

私は、「こちらこそ、不慣れでごめんなさい」と笑顔で別れました。外は、人も車もない山道で、向い側はすぐ山です。ようやくひとりになれた解放感！　おまけに私の大好きな山道です。とにもかくにも今日の仕事は済んだ、と上機嫌で山道をあるいているところで、目が覚めました。

ハナノはこの夢をどう読み解きますか？

私は、この「ごたごた」は、私の逡巡《しゅんじゅん》、仕事を辞めようか辞めまいかの入り乱れた想いを象徴しているように思われました。そして、結局は仕事をしていない方が爽快《そうかい》なのです。一日の仕事を終えた充実感とか爽快感ではなくて、山道にいるということが爽快《そうかい》という感じでした。

山の近くで晴耕雨読、自分の食べるものは自分で作って、雨の日は文学三昧《ざんまい》。そんな暮らしへの憧れが山道のように思われました。そんなふうに私には読めたのですが、ハナノはどう思いますか？

明日から「ノストラダムスの大予言」の年が始まりますね。私は、明朝、ひとりで日の出を見に行く予定です。文豪・漱石先生は「人間は時間と空間を捏造《ねつぞう》した」とおっしゃったそうですが、一月一日の日の出が初日の出というのは、いつから決まったのでしょうね。私は、いつも毎日が初日の出だと思うのです。それで私は、元旦以外にもときどき初日の出を見に行きます。元旦の朝、晴れているときは、人がたくさん来ない場所を探します。町内会の幟《のぼり》が何本も翻《ひるがえ》り、日の出の瞬間に大勢の人の歓声やシャッターの音が湧き起こるところでは、なんだか太陽と静かに語らえないような気がするからです。

山の近くに住んだなら、私は毎日、日の出の瞬間に立ち合いたいと夢見ています。インディアンや、他のネイティブ・ピープルのように、「太陽が昇り来るのを手伝う仕事」をするなんて、すてきですね。私たちの祖父母の代には、そんな暮しも残っていたようですけど、夜更しに慣れた私には、無理でしょうか？

それでは、ハナノ、今日はこのへんで。

手紙を書きたくなったら、また書きますね。

そうそう、私の父と毎晩呑み明かしてはいないでしょうね。

「オラは死んじまっただ」の歌のように、神さまから「出て行け!」と言われたら、三界をさ迷うことになってしまいますよ。

え? 「三界に家なし」というのは、「自由の極《きわ》み」ですって? はい、一本取られました!

せいぜいその辛口で、梵天《ぼんてん》さまと渡り合ってくださいませ。

心をこめて
ハコベ。

2　変化の予感

一九九九・三・六

こんにちは、ハナノ

桃の節句も過ぎましたが、まだまだ風は冷たい今日このごろ、ハナノは、どんなことを経験しているのでしょうか。

私たちのグループ、「ぺんぺん草」では、二ケ月ほど前から、『「易」心理学入門』（定方昭夫・柏樹社）をテキストにして読書会をしています。一二年前の今頃、ユング派のエスター女史の著書・『女性の神秘』（ユング心理学選書⑧、創元社）から始まって、ユング関連の本を数冊、みんなで読んできましたけど、ついにユングが多大な関心を寄せていた易経にまで辿りつきました。

この本は入門書なので、西洋化してしまった私たちにはちょうどよいかもしれません。

私は、「易経とカウンセリング」の講座に参加し始めてから、今年で三年目になります。読みの深さはまだまだで、とても老賢人の足元にも及びません。でも、この三年間で学んだことを、ぺんぺん草のメンバーとも分かち合いたかったのです。それで、ユングの『変容の象徴・上』(ちくま学芸文庫)が終ったところで、ちょっと気分転換に読んでみることになりました。

『変容の象徴』は、ハナノも知っているように、世界の神話や哲学書や宗教の古い文献からの引用がとても多くて、私は、なんだか食傷気味になっていたのです。ひとりでこの本を読んだなら、上巻の三分の二あたりで、きっと放り出していたことでしょう。ところが、ほとんどのメンバーも私と似たりよったりの感じを抱いていたことがわかったのです。そこで、みんなの興味、関心をひいた「ユングの共時性」という概念との関連で、「易経入門」ということになったわけです。ところが、易というと「当たるも八卦、当たらぬも八卦」のイメージがこびりついていて、かなり抵抗を感じるようです。無理もありません。私も最初、ユングが易経に多大な関心を寄せていたと知ったとき、「なんでまた、西洋の心理学者が易占いなんかに関心を示すんだろう?」と、不思議に思ったものでした。けれども、ユング派の人びとの著書や解説書のような本を読むにつれ、ユングをほんとうに理解しようとするならば、易経は欠かせないと思うようになってきたのです。というのは、易経は、ユングの重要な概念のひとつである「共時性」(同時性、シンクロニシテイ)と、何か関連があるように思われたからです。また、エネルギー論の物理学者であるF・カプラの『タオ自然学』(工作舎)を読んだとき、最先端の物理学の理論が、古代中国やインドの賢者たちの教えと共通していることを知りました。そのため、西洋の最先端物理学者たちが、東洋思想に熱いまなざしを向けているというのです。いったいこの現象はなんだろうという疑問が、私の易経に対する関心をますます強めていきました。

そんなとき、老賢人がニコニコしながら、

「今度、易をやりますから……」

とおっしゃったのです。私は、一も二もなく飛びついてしまいました。なにしろ、老賢人は、漢文の読みについても精通していらっしゃいましたから。これを放っておいては、あの漢字だらけの書物を、私ひとりでなどとても読めたものではありません。そうでなくても、四、五年前、たった数ページ目を通しただけでギブアップし、本は埃をかぶったままになっていたのですから。

百年くらい前の日本の知識人の多くは、ほとんど漢文を読めていたようですが、今はそれを専門にしている人以外、読める人はとても少ないと思われます。漢文、大の苦手で、できればお近づきになりたくない私のような凡人には、読める人に出会うことさえ思いもよらなかったことなのです。でも、その思いもよらなかったことに出会ってしまったのですから、これを活用しないなんて、特大の魚を逃してしまうようなものでしょう?

こうして私は、「易経とカウンセリング」の講座に参加するようになったわけですが、学べば学ぶほど、易経の奥の深さに興味が尽きなくなっていきました。というのも、ユングの仮説や最先端物理学者たちの理論が、三千年以上も前から易経に述べられていた宇宙観や世界観と、実に似かよっていることが私にも明らかになってきたのです。講座に参加する前に読んだ『易経の謎』(光文社)の著者・小泉久雄氏の仮説は、特に興味をそそりました。小泉氏は、「易の基本構造である〝三〟の意味が、生命の基本構造である遺伝子のトリプレットと符号する」と言うのです。遺伝子は、アデニン、チミン、グアニン、シトシンという四種類の塩基で構成されていると言われており、この四種類の塩基三つが、ひとつの単位(トリプレット)になって一種類のアミノ酸を決定し、このトリプレットの配列がすべての生命の基本になっていると言われています。小泉氏の文章はとてもわかりやすく、その仮説はかなりの説得力がありました。たしかに、易の重要な数と、遺伝子の構造上の重要な数が符合しているうえ、DNAのテープの「開始」と「停止」も、易の八卦《はっか》の「開始」を意味する卦《か》(坎《かん》☵)

と「停止」を意味する卦《か》（艮《ごん》䷳）に符合していました。

これを、「単なる偶然」として、片づけてしまうには、あまりにも符合していると私には思われました。この「偶然」に関連して、小泉氏は、ユングの共時性にも触れていました。ユングは、精神科医としての臨床経験から「患者の精神状態と、彼らを取り巻く外的物質的環境のなかに奇妙な相関関係が成り立つことに気づいて」いました。でも、この相関関係は、すでに主流になっていた「原因→結果」の決定論的因果律の原理では説明がつきませんでした。それで、ユングはまったく別の原理がはたらいているにちがいないと思っていました。そんなとき、易経の独訳者である、中国帰りの宣教師、リヒャルト・ヴィルヘルムに出会ったのです。一九二〇年代初めのころでした。ヴィルヘルムと交流していく中で、ユングは、易経の中に、秘かに抱いていた仮説と共通するものを見出しました。そして、「一定の時間内における心的現象と物質的現象の一致」を「共時性（シンクロニシティ）」と名づけたのです。そうです。私たちがよく「偶然の一致」とか「正夢」とか言っているようなことです。ユングは、用心深く、「意味のある偶然の一致」という言い方をしました。意味のないのは共時性とは言わないのかという人もいるでしょうが、意味があると確信できるのは体験したその人であって、「原因→結果」の因果律に基づく科学では、実験も客観的証明も不可能なのです。ところが、不思議なことに——と私には思われるのですが、ユングの仮説をあと押しするかのように、量子論や素粒子論が登場して、その科学者たちまでもが、今までの因果律に基づく考え方では、観察者の期待通りにふるまう素粒子について説明できないと言い出したそうなのです。小泉氏はかなり博学な方のようで、こうした先端科学の現状も記述なさっていました。でも、私には、いまいち消化できないでいます。ただ、ユングを初め、これらの科学者たちは、非因果的連関、変化のプロセス、認識できる世界と認識できない世界との深い関わりなどに着目していて、易経の宇宙観や世界観と奇妙にも共通している、ということはわかりました。

易経は、私たち一人ひとりのいのちという小宇宙《ミクロコスモス》と大宇宙《マクロコスモス》とが相互に関わりあいながら、常に変化していて（変易《へんえき》）、その変化しているということが変わらない真理である（不易《ふえき》）とし、それを数というわかりやすい（簡《かん》易《い》）方法で表わしているのです。こうなると、私には、易経は、量子論、素粒子論、無意識の心理学といった非因果律に基づく、真に自然科学的なものの観方《みかた》を、三千年以上も前から体系化していたように思われてきます。なぜなら、自然というのは、実験室のような人間が設定したものではないのですし、仮定しないと証明できないというようなものではないのですから。

この宇宙の哲理書である易経は、古代の教養人には、哲学、天文学、自然科学の書であると共に、修養、立命の書であったといいます。また国家経綸《けいりん》（国を治め、民を救済する）の書としても重んじられていて、古代教養人の必読書であった「四書五経」の最初におかれていたといいます。占いとして用いるのは、戦《いくさ》をするかしないかといった「非常時」に限られていて、なにかこう、ギリギリのところで、「決することができないとき」に、天地神明に問うたということです。孔子はこれを「天命の書」と言い、日本では特に、占うのは五〇歳になるまで禁じられていたそうです。確かに、私は、三年間学習して、易はただの占いではないという感をいっそう強めています。小泉氏は、「取り扱い、要注意！」の札でも貼っておきたいくらいだ、と言っておりましたが、私もその通りだと思います。精神的に成熟してない人には、手痛いしっぺ返しがあることを、私はこの三年間で身をもって知りました。自分では、自覚、認識していなくとも、心の深いところで「試めそう」などという気持がはたらいていると、まさにその通りの卦《か》が出るのです。また、「今年の運勢は？」などという、かなり漠然とした問いには、いかにも「あなたの内省不足です。何がいちばん気になっているのか、的を絞って下さい」と言わんばかりの卦《か》が出るのです。自分の都合の良い読み方をして、あとで読み誤ったことに気づいても、易経にはなんの責任もありません。読み誤った占い手に責任があるのです。

これらのことは、カウンセラーが自身のレスポンスが適切であったかどうか、あとで逐語《ちくご》テープを検討するときの態度とも関連があるように思われました。

また、小泉氏は、「易は〝もう一つの世界〟との交信手段であるといえるだろう」とも述べていました。無意識の心理学について研究したユングもこのことに注目していたように思われます。ここまでのかいつまんだ話で、易経について、少しは、おわかりいただけたでしょうか。

「取り扱い要注意」というわけで、私はこの一年余り自分のことでは占っていません。幸い、ぺんぺん草の「温泉ゆったり定例会」と称した鳴子一泊小旅行で、易の実践を行いましたので、占い方を忘れずにいたことにほっとしましたけど。この経験で私は、やはり的を絞った問いは、ストレートな解答が出やすいことを再認識しました。

実は、私は今年も運勢を占おうと思っていたのです。けれども、もはや漠然とした問いを立てることはできません。それで、私は、『「易」心理学入門』に書かれていたように、健康、家庭、対人関係、仕事などに分けて占おうと、一月に順番を決めました。ところが、どういうわけか、ずっと占えないでいるのです。ぺんぺん草の定例会の経験から、分けて占えばストレートな解答が得られそうだとわかっているにもかかわらず、いまだに一つも占えないでいます。なんとなく……いくつに分けて占ったとしても、これらは全部一つのことだという気がするのです。まだ占いもしないうちから、なにかこう……決断を迫られるようなことが起きそうで……とても妙な気分です。その「ひとつのことって、結局は、おまえの変化なんだよ」と、どこからか妙な声さえ聞こえてくるのです。対人関係、母の健康、子どもたちの行く末、外見穏やか内部不穏の職場のことなどを占ったとしても、結局は私自身の変化に関わっている、……。そんな気配を感じて、実は、とっても怖いのです。

「重い物を持つ肉体労働に疲れた」「今の医療は企業だ」「人を増やさないで、患者さんにシワ寄せが行っている」「CT担当はただのキーパンチャーだ」等々と、不平不満をならべ立てていますが、それでお金をもらえるなんて、楽なことこの上ないですよね。私個人の創意工夫や才覚が無くとも、先人の跡を辿っていれば日常の仕事には、なんの支障も問題もなくできてしまうのですから。

「これって、吝《りん》だ」と思うのです。「吝」という文字は、易経の爻辞《こうじ》（六爻《こう》それぞれにかけられた言葉）にひんぱんに登場します。でんと、あぐらをかいてしまっている状態のことで、岩波文庫『易経・下』の「周易繋辞《しゅうえきけいじ》上伝《じょうでん》」には、次のように記されています。

吝《りん》とは、吉に居ながら逸楽猶予《いつらくゆうよ》して凶に陥ることである。

どうでしょうか？　今の私の状態は、吝《りん》だとおもわれませんか？

「陽が極まれば陰にその場をゆずり、陰が極まれば陽にその場をゆずる」という易のダイナミズム（宇宙のダイナミズム）から言えば、「吉凶」（幸運不運）も同様であって、永遠に吉のままではいられないし、逆に永遠に凶のままでもいられないのです。天地宇宙も人の世も「流転止まず」（変易）です。

「極まれば転ずる」。一見、吉にいるような私の現状―三〇年のキャリア、いつもフォロー、カバーしてくれる〝弟たち〟、今はいじめもなければ、愚痴を並べてもお給料はもらえる生活――は、いつなんどきグラリと転じるかはわからないのです。なんとなく、このままではいられそうもないだろうとは思うのですが、では、どうしたらいいのかとなると、堂々めぐりになってしまうのです。下手《へた》に占って変化を促《うなが》されるような……つまり決断せざるを得ないような卦がでたら、と思うと妙に怖くてできないのです。なにしろ、仕事を辞めた後のアテがないのですもの。いえ、全然ないわけではないのです。日がな一日、書いていられたらという願いはありますが、少なくていいからそれで食べていけるといいなと思うのだけど、そんな見透しはまるでありません。まして、文才なるものがあるかどうかも不明で、まったく自信がありません。ハナノのことを思うと、あんな書かされ方は嫌だなと思うし、そんな事態にまだなっていないうちから思いわずらってバカだなと思うけど、気がつくと同じところに戻って、グルグルと思いわずらってしまうのです。

北側に雑木林があって、南側には少しでいいから畑があって、家から車で一時間ぐらいのところに陽当たりのよい古い家があったら、欲しいな。そこで、ジャガイモやカボチャや大豆や、主食の代りになるようなものを育てて、エイザンスミレやシロバナタンポポや、ブナやナラの苗を植えて、そして文学三昧《ざんまい》していたいです。大金持ちなら空地を全部買い、木を植えたいのだけれど、お金には縁遠いみたいだし、易者になるにはまだまだ力不足だし……溜息がもれてしまいます。

「はい！　いつでも仕事を辞めてよいですよ。」なんて卦《か》が出たら……どうしましょう、というのが正直な思いです。なんて小心者なのでしょうね。

「五〇歳になったら、その誕生日に仕事を辞める」という想いは、今のところ実行されそうにもありません。来月、その日が来ます。

また愚痴を言うかもしれませんけど、懲《こ》りずにまた聞いて下さいね。ほんとうに大事なことは、そうそうだれにでも語れるわけではありませんもの。最後は、やっぱり自分自身なのですから。的を絞れないぐちゃぐちゃぐちゃの思いを聞いてくれて、ほんとうにありがとう!

それでは、今日はこのへんで……。

おやすみ、ハナノ

ハコベより。

○時JUST

3　母なる大地と戦《いくさ》

一九九九・四・一

お元気ですか?　ハナノ

あなたの世界では、今、どんな風景がひろがっているのでしょうか?

私たちの世界では、今日から四月だというのに、三日前は真冬の寒さで、きのうはなんと、朝起きたら雪が降っていました。今日は、よく晴れて、気温も上がってきそうです。ここ数年、なんだか妙な天候です。春夏秋冬が乱れてきているというか、気温が乱高下しているというか……。人類に何か警告の信号を発し続けているような気がしないでもありません。もともと、この妙な天候も人類の仕業《しわざ》なのかもしれませんが。オゾンホールは広がり続けているようです。

今週、私はCT担当です。新しいCT装置のローテーションに、本格的に加わってから、今日で丸一年になります。スキャン時間は、驚異的な早さになりましたが、そのおかげで、患者さん一人につき四〇〇画像にもなる驚異的なフレーム数の検査も増え、仕事量も増えました。ちなみに、頭部は造影無しの単純撮影で一一フレーム。

いちばん大きなフィルム一枚にプリントします。科学が人間の労働量を軽減するなんて、「嘘だ」と思ってしまうほどです。

　思えば、全身用のＣＴ装置が導入されてから、定年まで持ちそうにないという気持ちに拍車をかけたような気がします。病室巡廻撮影という肉体労働がつらくなってきた以上に、なんだか機械に頼り過ぎる医療になっていくような気がして、本来の医療ってなんだろうと、日に日に疑問がふくらんでくる思いです。もちろん、小さな出血や腫瘍も今までより早く発見できて、その後の治療に役立つことも多くなってきたのですが、ＣＴやＭＲといったコンピューター解析の検査が万能だ、といった風潮も感じられるのです。これを書くと長くなりそうなので、今日の本題に入ります。

　前回、ハナノに手紙を書いた約二週間後、ようやく、分けて占う（分占《ぶんせん》）予定の一つを占いました。母の健康や娘たちの就職のことも気になりますが、家族のことは話しあう余地が残っていますから、四番目に番号を付けた自費出版に関することを占いました。問いの内容は、「今まで記録していた夢ノートから抜粋して自費出版に向けて、今、まとめています。この計画は時機にかなっているでしょうか」というものです。

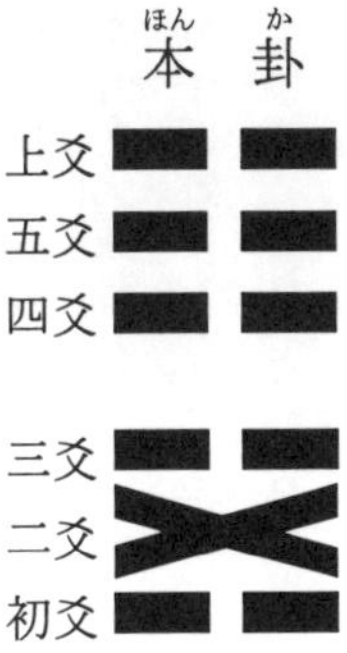

②

坤下《こんか》
坤上《こんじょう》

坤為地《こんいち》

出た卦《か》は、易経の二番目、坤為地《こんいち》の二爻変《こうへん》でした。

このように書かれても、ちょっとわからないと思いますので、まず、易の基礎知識をお話ししますね。

易経は陰（⚋）と陽（⚊）の組み合せで成り立っています。

この二つが三つずつ組み合わされて（トリプレット）、八卦が構成されます。これが易の基本構造です。八卦《はっか》は小成卦《しょうせいか》とも言い、この小成卦《しょうせいか》が二つずつ組み合わされた卦《か》を大成卦《たいせいか》と言います。大成卦《たいせいか》は一番から六十四番までありそれぞれに絶妙な名前が付けられています。この六十四卦《か》でもって、宇宙、人間社会、人生万般を網羅していると言われています。八卦《はっか》にもそれぞれ名前が付いていて、それぞれに自然界や人間や動物、方位やからだの部分などを象徴する意味がこめられています（図1）。

易経、二番目の大成卦《たいせいか》は「坤《こん》」とよばれる卦《か》ですが、記憶の便宜上日本では「坤為地《こんいち》」と呼んだりしています。六本ある陰や陽を「爻《こう》」と言います。

下から二番目の✕印は、陰が極まって今や陽に転じようとしていることを表し、これを「変爻《へんこう》」と言います。陽が極まって陰に転じようとしているのは、□印で表わします。それぞれ、老陰《ろういん》、老陽《よう》と呼んでいます。易は下から上へと読んでいく決まりになっています。下の小成卦《しょうせいか》を下卦《かか》あるいは内卦《ないか》と呼び、上の小成卦を上卦《じょうか》あるいは外卦《がいか》と呼びます。私に与えられた卦《か》の場合、上下とも坤卦で、「坤下坤上《こんかこんじょう》」という読み方をします。

自分のことで占った場合、下卦《かか》は自分のこと、上卦《じょうか》は環境を表わしています。もし、結婚について占った場合、下卦《かか》は自分の方で、上卦《じょうか》は相手方という具合に。ただし、易の難しいところは、機械的に当てはめては正しく読み取れないときもあるということです。占う方法は覚えてしまえば簡単なのですが、示された卦《か》をどう読むかが最も難しいのです。老賢人は、易経の講座が始まったばかりのころ、

「易経もカウンセリングも洞察」

と、おっしゃいました。この洞察力がないと、「当たるも八卦、当たらぬも八卦」と言われることになるのでしょう。

図1

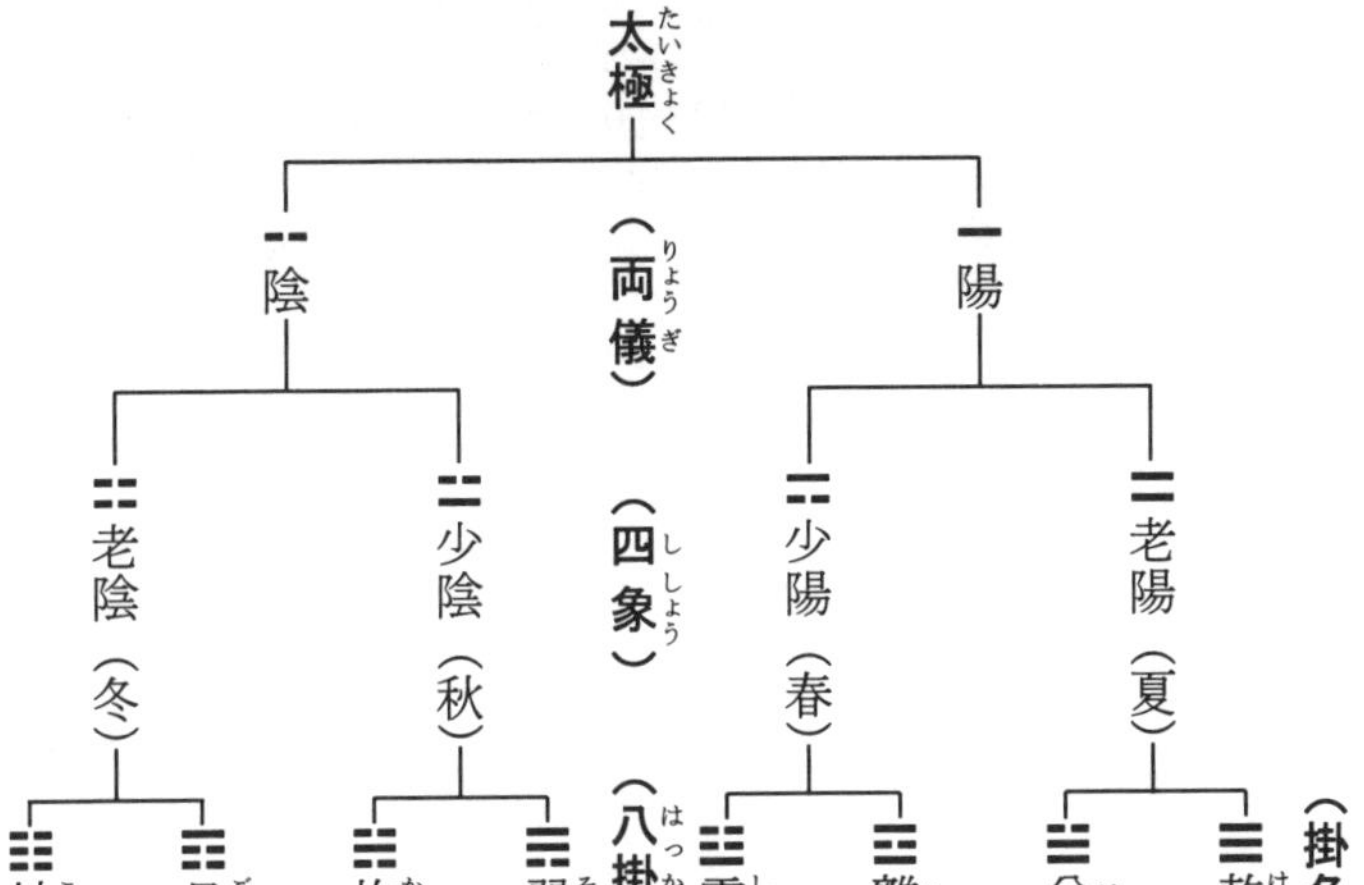

（掛名）	（掛象）	（掛徳）	（人間）	（方位）	（動物）	（身体）
乾《けん》	天	剛	父	西北	馬	首
兌《だ》	沢	説	少女	西	羊	口
離《り》	火	麗	中女	南	雉	目
震《しん》	雷	動	長男《ちょうだん》	東	竜	足
巽《そん》	風	入	長女	東南	鶏	股
坎《かん》	水	陥	中男《ちゅうだん》	北	豚	耳
艮《ごん》	山	止	少男《しょうだん》	東北	犬	手
坤《こん》	地	柔	母	西南	牛	腹

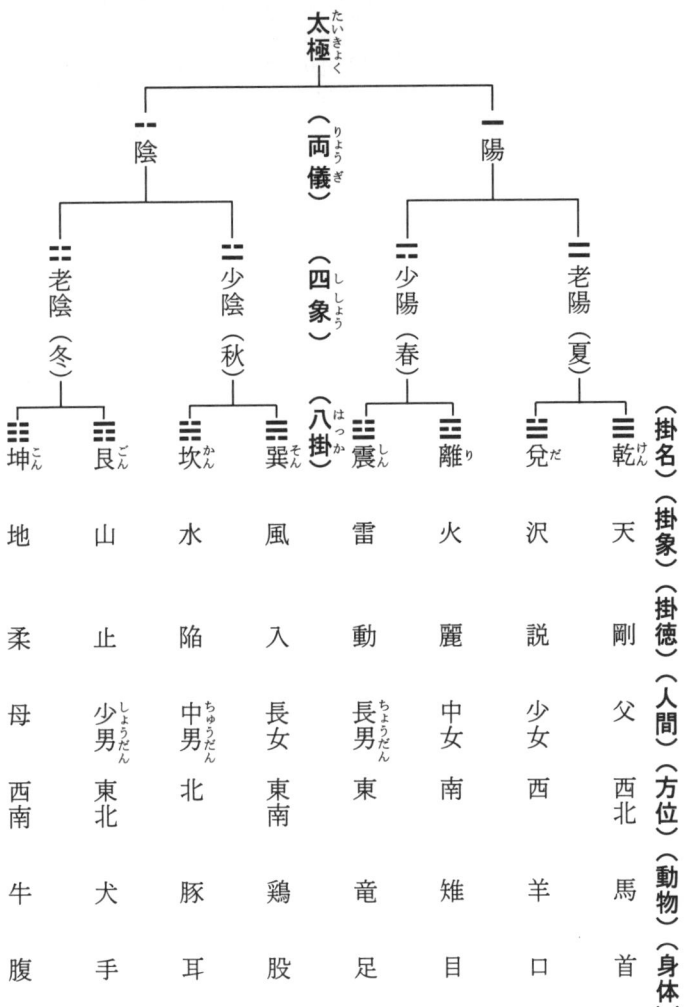

それでは、そろそろ本題に入りましょうか。

私は、この卦《か》を見たとき、正直言って、とても驚いてしまいました。それというのも、今まで過去三回、自分のことで占ったときは、いつも陽が多かったのに、今回は六爻《こう》全部陰だったからです。そのうえ、坤為地《こんいち》というのは、非常に重要な意味を持つ卦《か》であることを知っていたからです。

坤為地《こんいち》は、大地を象徴していて、天を象徴する①乾為天《けんいてん》（☰☰）の次に登場する卦《か》です。百パーセント受容の卦《か》で、静・柔・順の極地。

「ハコベとは、まるで正反対じゃない?」というハナノの声が聞こえそう。私が驚くのも無理はないでしょう?

この卦《か》の卦辞《かじ》には、乾為天《けんいてん》と並んで「元《おお》いに亨《とお》りて貞《ただ》しきに利《よ》ろし」の文字が記されています。卦辞とは、六十四卦《か》、それぞれに繋《か》けられた言葉です。「元いに亨る」は、言葉通りに読めば大吉です。けれども、易は、ただの占いではありません。「天《てん》・人《じん》・地三才《ちさんざい》」と言われていて、天と地の間にいる「人」の関与次第で吉にも凶にもなるのです。「貞《ただ》しきに利《よ》ろし」という条件付きで吉なのです。つまり貞《ただ》しくなければ、よろしくないのです。私は、「貞《ただ》しい」ということが、どういうことなのか、いまだによくわかっていません。坤為地《こんいち》の卦辞《かじ》は、次のようなものです。

坤《こん》は、元《おお》いに亨《とお》る。牝馬《ひんば》の貞《てい》に利《よ》ろし。君子、往《い》くところあるに、先立つことは迷い、後《おく》れることは主を得る。西南には朋《とも》を得《う》るに利《よ》ろしく、東北には朋を喪《うしな》う。貞に安《やす》んじて吉なり。

牝馬《ひんば》は、地の類《たぐい》だそうで、大地の特質を動物で象徴しているのです。「牝馬《ひんば》のような貞《てい》に安《やす》んじていれば、幸運である」と告げてるのですが……牝馬《ひんば》に対する私のイメージは、「連れて行かれるまま、引っ張られるまま、黙々とついて行く」という感じです。ほんとうに！　今までの私とは、まったく逆のイメージです。

笑わないで、ハナノ。えらいことになっちゃったと思っているのよ。牝馬《ひんば》のようになれるかどうかが問題なのですもの。吉になるのも、凶になるのも私しだいということでもあるでしょう?

ところで、『易経の謎』の著者、小泉氏が述べている通り、変爻《へんこう》のところがストレートな解答だとすれば、その爻辞も注意深く読まなければなりません。爻辞《こうじ》というのは六爻《こう》それぞれに繋《か》けられた言葉です。

　六二《りくじ》。直、方、大なり。習わずして利《よ》ろしからざるなし。

陰爻《こう》のところを六《りく》、陽爻《こう》のところを九《きゅう》と言います。

毎日、何かは書いている私には、「習わなくても、よろしくないということはない」なんて、背中を押されたような気分になり、自費出版はＯＫと読みました。

けれども、ここで有頂点になってはいられないのです。坤為地《こんいち》の由《よ》って成《な》るべき六二《りくじ》は老陰（×）で、「陰が極まってます」という信号を送ってきているのです。これは、単に自費出版のことだけではなさそうだと思いました。というのも、陰が極まれば、陽にその場をゆずるとなると、別な卦《か》になる可能性が大きいからです。変爻《へんこう》の場所というのは、いわばターニング・ポイントのようなもので、非常に動きのあることを意味しています。つまり、今、まさに別の事態へと移行しつつあること、あるいはすでに別の事態へと変わっていっていることを意味するのです。未来へと動いてゆく様子を示しているのです。このようなことから、欧米では、『易経』を「変化の書」（the Book of Change）と呼んでいます。変化後の卦《か》を「之卦《しか》」と言います。

師は、兵衆、軍隊の意味です。戦の卦といってもいいでしょう。戦には隊長（リーダー）が必要で、師団の「師」は二五〇〇人の統率者であるとか。

卦《か》
之《し》

②
坎下《かんか》
坤上《こんじょう》
地水師《ちすいし》

ここでわからないのは、自費出版をしていい時機かどうかを占ったのに、戦の卦、リーダーの心構えの卦に行くというのは、どういうことかということでした。地水師の卦辞は、次のとおりです。

師は、貞なり。丈人《じょうじん》なれば、吉であり咎《とが》めはない。

丈人《じょうじん》とは、老成した長老のことです。私はまだ、「四〇、五〇のハナタレ小僧」です。長老で思い浮かぶのは、今年、八二歳になられた老賢人であって、私は長老と言われるほどの年齢にも達していません。ということは、易経が宜べる条件を満たしていないということになります。何か計画があっても、むやみに突進すると、

六三《りくさん》。師、あるいは尸《かばね》を輿《の》す。凶。

となり、幸運どころではありません。尸《かばね》は屍《しかばね》の意味です。戦《いくさ》による戦死者が、累々《るいるい》と車の荷台に載せられている光景が浮かんできます。負け戦ということもあるわけで、なんだかいやな感じです。

「戦《いくさ》」ということで、ふと思い浮かぶのは、職場のことです。上司と部下の不協和音、一触即発の危機は常に孕んでいます。私はただのヒラですが、今のメチャクチャな業務――人員削減、手術や検査の急激な増加、未明までの手術や処置、仮眠一～二時間で通常の勤務を強いられる医師や医療技術者、患者さんの顔も見ないで応対する職員の増加など――を、少しでも改善する方向で協調せよ、と伝えているのだろうかと思いました。

ちなみに、各卦《か》の六つの爻《こう》には位《くらい》があり、病院について言えば、いちばん下の初爻《しょこう》に当たるのはヒラである一般職員。二爻《こう》目は主任クラス。役職はなくてもキャリアを積んだ人はこれに入るでしょう。三爻《こう》目は各セクションの長。四爻《こう》目は各科の医師たち。五爻《こう》目は院長ほか病院の管理者たち。そして上爻《こう》は、お金の管理をして口を出す経営陣ということになりましょうか。

世の人びとは、病院というと院長が一番エライと思っているでしょうけれど、三〇年間いた私の職場では、大蔵省の天下りが多い「本部」が、首を縦に振らなければ、増員、設備投資、といった重要なことは院長はじめ病院管理者たちにもままならぬことなのです。他の総合病院はどういうシステムになっているのかわかりませんが、「赤字を出すな、黒字にせよ」「〇〇の手術は儲かるから件数を増やせ」「〇〇の検査は設備投資にかかった分、件数を増やして早期に解消せよ」「働かない医師――余計な検査や手術をしない?――は、辞めてもらってもかまわない」「〇〇科は儲からないから縮少した方がいい」等々の話が聞こえてくると、私は医療の現場にいるというよりも、企業の中にいたのかと耳を疑ってしまうのです。健康保険が赤字になる理由《わけ》が透けて見えそうな気さえします。「医療産業」という言葉がありますが、どうして「癒し」が「物を産み出す事業」になるのでしょう? 薬害事件のたびに顔をのぞかせる薬品メーカー、医療機器メーカー、フィルムメーカー、使い捨て注射器などのプラスチック産業、消毒や検査の外注業等々がしのぎを削ってお金儲けしようとしていることに、医療界もはまってしまい企業化してしまったように思われてなりません。病院なのに、まるでデパートのように「最新設備にしなければ客は来ない」というような言い方は、いったいなんなのでしょう？　これは、大手企業が多額の負債を抱えて倒産するような経済システムに、癒しも介護も組み込まれてしまっていると、私には思われてならないのです。ということは、一病院のことだけではなく、なにかしら目に見えない、巨大な怪物に支配されているような気さえします。このような怪物と戦《いくさ》なんかしたら、それこそ屍《しかばね》累々のイメージが浮かんできます。でも、戦《いくさ》なんかしないうちから、医師や看護婦や他の医療従事者たちは、勤務時間はあって無きがごとき業務に追いまくられてバタバタと倒れています。外科系や循環器系の若い医師や看護婦たちはいっそうハードな業務で、一度に三、四人が倒れてしまうこともたびたびです。定年後を楽しみにしていたのに、定年前に亡くなった職員は、自殺や癌や脳出血を含めて、この三〇年間で十指を越えるのではないかと思います。なんとなく、一〇年ぐらい前から職員の病気が増えてきているような気がしています。このごろ私は、このまま仕事を続けて行ったら、定年前に病気になってしまうのではないか、と思うときがあります。もちろん、私は医師や看護婦の業務に比べれば、天国と地獄の差があるほど楽なのですが、なんというか……腹の立つことが多くなってきて、これがからだに悪さしそうな気配も感じられるのです。事務系の職員が癌で亡くなられているのが多いことも妙に気になります。正直言って、「逃げるが勝ち」を決めこみたいけれど、病院に残る仲間たちを思うと、またもや胸がチクチクしてしまいます。

はっ！「長くなるから、」なんて言っておいて、結局、仕事上の愚痴になってしまいましたね。勘弁して下さいね。

それにしても……なんでしょうね。之卦《しか》の地水師《ちすいし》の意味は？

ところで、久しぶりに易占《えきせん》したこの日、一晩に四つぐらい夢を見ました。夢ノートを見たら、初夢もなくずっと今まで夢を見てなかったのです。ただ覚えていないだけなのかもしれませんが。

後半の二つは、職場のスタッフが登場したということだけ覚えていて、内容は消えてしまいました。なんとなく、何か教えられていたような気がします。前半の二つは、つながっているようにも思われますが、覚えているのは、いきなり場面が変わったということです。

最初の夢は、四二、三年前の私の家付近が舞台のようでした。街道沿いは、今のように賑やかではなく、その当時よりも木がたくさん周りに立っていました。その街道を走るバスに、私は洗濯物をいっぱい入れた籠《かご》を、両手に抱えて坐っていました。バスの中は、昔のボンネットバスのように、向かい合って坐るようになっていました。家の近くのバス停で降りた私は、家の北西方向にある公園の方に、籠《かご》を抱えて歩いていきました。公園近くの酒屋さんまで来た私は、北側の庭に並んでいる物干し竿に洗濯物を干しました。でも竿には、他にも洗濯物がたくさん掛かっていて、私の洗濯物は全部干しきれませんでした。

場面一転して、私は、山際に線路がある土手の前の広い空地を歩いていました。手ぶらで歩いていたように思います。線路のある土手では、土留めの補修工事をしているらしい作業員が五、六人働いていました。私は、その様子を見ながら、広い草原《くさはら》を通り抜けて、空地のはじにある、古い農家風の家の庭に入りました。家は、雨戸が閉っていて、今は空家のようでした。私は、家の軒先にかかっていた竿に、洗濯物を干そうとしましたが、高すぎて手が届きませんでした。ふと、奥の方にもう一本竿がかかっているのを発見し、それにはなんとか手が届

きました。私はようやく洗濯物を全部干すことができました。家の斜め向い側には、三階建ての寮のようなビルがあり、手前の竿にはまだ陽が当っていなかったので、ちょうどよかったかもしれないと思いました。

そこへ、空地の方から弟のスギオがやってきました。私は、これ幸いとばかりに、

「手前の竿に手が届かないから、低くして欲しいの」

と、スギオに頼みました。

ちょうどそのとき、西隣りの家の奥さんらしき人が、花でいっぱいの生け垣まで出てきて、

「そうしてもらったほうがいいよ」

と、ニコニコしながら言いました。スギオは、

「布団も干せるようにしてやるよ。奥の竿も姉貴に合わせて、もっと低くしてやるよ。」

と言いながら、仕事に取りかかりました。

すると、工事をしていた数人の作業員がやってきて、

「よっしゃ!」と言って、線路の方に駆け出しました。

そして、線路の向こう側の住宅と線路の間に置かれて

あった廃棄電車の屋根を、せっせと掃除しはじめました。すっかりきれいにした作業員は、「ここなら、バッチリ陽が当って、布団が干せる！」と言いながら、廃電の屋根をパンパンと叩きました。廃電の向こう側にある住宅に住んでいる人びとが数人、外に出てきて、ポカポカ陽気の中、まるでひなたぼっこをするように、ベランダや庭先からこの様子を見物していました。子どもも、お年寄りも、ランニング姿の男性も。

あそこまで布団をかついで登るのは、ちょっとたいへんだ、と私は思いましたが、行為は嬉しいです。でも、廃電の手前は線路なので、電車が通るたびに埃をかぶりそうだと思いました。それに廃電の向こう側の住人たちにも迷惑になりそうで、これは使えないんじゃないのかしら、といささか困惑しているところで、目が覚めました。

いろんな人が力を貸してくれて、ほのぼのとしていて、気持ちの良い夢だったのですが、畑付きの家は、南側にビルなど見えず、線路にも近くない方がいいなと思いました。

そのほかは、緑があって、人の良さそうな人びとに囲まれ、のどかな感じで申し分なかったのですけれど。

それにしても、私は、よその家に洗濯物を干していたのではありませんか？　どうも落ちつかない感じです。近ごろ落ちつかないような私の気持ちを反映しているのでしょうか？

心は、空気のきれいな山の近く、緑のたくさんあるところで、のどかに暮したいと思っているにもかかわらず、現実は、市の中心街の雑踏の中で、とてものどかとは言えない暮しをしています。古いものはどんどん捨てられ、壊され、視界から消えていきます。郊外にある私の家の周囲も、田畑がどんどん小さくなってゆき、それに反比例するかのように五、六階建てのマンションが増えています。マンションが増えるにつれて夜空はいつまでも明るく、それに反比例するかのように星の数が減っていきます。

今、私が借りている駐車場も、カスミが生まれた四半世紀前は、まだ田んぼでした。田植が終ったばかりの水《みず》面《も》を吹き渡る風の、なんと気持ちよかったことか！

「なんだ、おまえも田畑を減らすのに一役かってるんじゃないか」と、どこからか声がします。そうですよね、ほんとうに……私は自転車には乗れないし……また溜息がもれてしまいます。

調子にのってまた長くなってしまいました。飽きずに読んでもらえたらと願っています。

そして、ユング的に言えば、ハナノもまた、この世界のことを知りたいと願っているのではないかと思います。ハナノにもきっとぺんぺん草のメンバーそれぞれが、この世に生を受けた意味についてどんな回答を出すのか、興味があるのではないかと想像します。

それでは、またついつい長くなってしまいがちですが、ときどき報告しますから、楽しみにしてて下さいね。ね、ハナノ。

心をこめて
ハコベ。
あったかい日曜日
書き終り。

4　ジグソーパズルの夢

一九九九・七・二

DEAR、ハナノ

今年は、いつもの年より早く梅雨入りして、毎日灰色の雲がたれこめて、雨も降ったり止んだりしています。でも、私の仕事は派手なドシャ降り雨のようでした。先週のCT担当の仕事は、特にひどいドシャ降りのうえ、私の雷が落ちる寸前でした。火曜日がその最悪の日でありました。

タイムレコーダーを八時一九分に押して、放射線科の受け付けに直行し、予約簿を見た私は、ぎょっとしました。前日、帰るときに予約簿を見たときよりも、三件ぐらい増えていたのです。午前の予約も午後の予約も枠からはみ出すほどの仕事量です。「盛り盛り」どころではありません。

こうなったら、手早く、段取りよくこなさなくてはなりません。時間内に終わらないと、食事をしないで待っている患者さんも辛いでしょうから。午後の予約で、入院中の患者さんを一人か二人、午前中に終らせなければ！

そういうわけで、私は、大急ぎでコンピューターを立ち上げ、調整を済ませてすぐに撮影を開始しました。

午前中の仕事は順調に運んだので、午後の予約の入院中の患者さんを呼ぶことにしました。外来の患者さんが服に着替えている間に、私は四階病棟に電話しました。

「午後、CT予定のオガワラ　ハギコさん、午後はたいへん混み合っていて何時に撮影できるかわかりませんので、今からでもよろしかったら、どうぞ。」

「行けます」という看護婦からの返事を聞くとすぐ、私は、廊下で待っていた入院の患者さんの撮影を開始しました。

撮影は、造影なしであれば、肺・縦隔から骨盤まで、五ミリスライスで撮っても約一五分以内で終わりますが、画像再構成に時間がかかります。それに、なぜかよくわからないのだけど、外科は入院も外来も全部といっていいほど、至急現像のオーダーで、すぐにプリントしなくてはなりません。とにかく忙しいので、コンピューターが画像再構成をしてくれている間に、今度は「病棟で膀胱にオリーブオイルを入れて行きますから、早目に連絡下さい」、と言われていた五階病棟に電話をしました。

「オオバコ　スミレさん、オリーブオイルを入れてCT室にどうぞ」

電話を切ったトタン、MR室に患者さんを招き入れようとしていた担当のワカバ君が、操作室の入り口から振り返って言いました。

「オオバコさん……いらしてます……」

ワカバ君にも私の声が聞こえていたのでしょう。怪訝《けげん》な表情で私を見ました。

「えっ？……オオバコさん？」

私もびっくりしました。たった今呼んだばかりのその方なら、オリーブオイルを入れないうちにやってきたのじゃないかと、私はぎょっとしました。

——ワープじゃあるまいし……

狐につままれたような感じになっていたら、シルバーエイジの御婦人が、操作室に入らんばかりの勢いで顔をのぞかせるやいなや
「はい！　オオバコです！」

と叫ぶように、名前を言いました。

「？……オオバコ　スミレさんでしょうか？」

私は、フルネームで確認しました。

「はい！」

御婦人はきっぱりと返事をしました。五階から地下まで降りて来るだけでも一〇分ぐらいかかるというのに、なんとしたことでしょう？　私は再度訊ねました。

「オリーブオイルは入れてきましたか？」

「オリーブオイルって、なんですか？」

御婦人は、不安の入り混じった表情で真剣に問い返してきました。

——えーっ!!　まさか……説明してないなんてことないでしょう？

「看護婦にCT室に行くように言われて、いらしたんですね？」

「はい！　言われてきました!!」

「……オオバコ　スミレさん、ですよね。」

「はい!!　オオバコです!!」

――わぁおっ!!　これはたいへんだ!!

「少々、お待ち下さいね」

私は、オオバコさんにそう伝えて、ただちに五階病棟に電話をしました。こうなったらもう、三〇分ぐらい時間がかかってもCT室で膀胱にオリーブオイルを入れるしかないと思ったのです。

「もしもし、たった今、オオバコさんをお呼びしたのですが、もういらしたんです。それで……」

と言いかけているうちに、オオバコさんは操作室の中まで駆け込んできて、

「わたし、オガワラです!!」


ハナノ、私は特大のショックで一瞬、頭が空っぽになったくらいです。私は、二回、フルネームで名前を確認したのですよ！　それなのに、御婦人もまた別人の名を二回も、御自分でおっしゃったのよ!!　こんなことあり？と思いましたよ。

これは想像なのですが、この御婦人は前々日あたりに外来で受診し、いきなり要手術で入院と言われ、その前に今日の検査ということになって気が動顚《どうてん》していたのかもしれません。それにしたって、他人の名前を御自分で二度も言明なさるとは！　名前の同じ部分は「オ」だけなのですよ。ショックでしたよ、私は。私も六五歳過ぎたら、こんなふうになるのかしらと、とても心配になってしまいました。

忙しすぎて、患者さんの生年月日をよく見ていなかった私もいけなかったのですが、まったく「事実は小説より奇なり」ですね。ちなみに、オオバコさんは四八歳。これにもっと早く気づいていればと思っても、あとのまつりですね。

これほど極端ではありませんが、このような例は、年に数回あります。姓だけお呼びすると間違いやすいのでフルネームでお呼びすることにしているのですが……それでも、「トドロキ　タキオさん」をお呼びしたのに、「マキバ　ウシタロウさん」が撮影室に入ってきたりするのです。さすがに二〇代の若い人にはいませんが、お年寄りに限りません。男女差も無しです。しつこいようですが、撮影室に入っていただいてからもお名前を確認しないと、たいへんなことになります。もしも、腰椎の写真を撮らなくてはいけなかった方が、胃の透視をしてしまったら、バリウムに邪魔されて、三、四日はおなかや腰の写真は撮れなくなってしまうのです。

受付で待たされ、診察で待たされ、そして種々の検査でもたっぷり待たされて、今か今かと待っている患者さんの気持を察すると、無理もないと思うのですけどね。

近ごろ、「患者取り違え事件」がマスコミを賑わしていますが、麻酔をかけてなくてもこうしたことがあるわけですから、まったく何が起こるかわかりません。病院も、世の中と同じで、いつなんどき何が起こるか、細心の注意を払っていてもわからないのです。

このようなゴタゴタはありましたけれど、午前の仕事は昼休みにくいこんだものの、昼食をとってひと息つけました。

けれども、午後は、トイレに行く暇もないのに加えて、プリントする暇もないほどになりました。おまけにファイルがいっぱいになってしまい、「画像再構成できません」というメッセージまで現われ、前日撮影した画像の半分以上も消去しなくてはいけない事態になってしまいました。データを消去するにもけっこう時間がかかります。予約の患者さんは待っているし気はあせるし……私はしだいにムカムカしてきました。

だいたい一人で三〇〇フレームから四〇〇フレームも撮るような検査ってなんなのよ。スキャン時間が驚異的な早さになったからといって、頭から骨盤まで五ミリスライスで、単純も造影もとは！ 転移癌探しなら、一般撮影でもわかってたんじゃない？ 入院している患者さんなら、二回に分けられないものかしら。データがこれ以上入る操置は買ってもらえなかったし、いちいちＭＤに記録してたらこれまた時間がかかるし、高額な操置を買ったから件数増やせと言われたって、限度があるでしょ？ 限度が!! 残業してまでも仕事しろなんて……五時過ぎに来てくれと、患者さんに言える?。操置も悲鳴あげてるじゃないの！ こんなとき、高速回転で一気に撮影する検査はできなくなるでしょう？ 管球熱量三〇パーセントになるまで休ませなくてはいけないのよ、もう!!

患者さんに撮影室に入っていただくときはにこやかにしつつも、操作室にいるときは、目がつり上がり、私はカメレオンのように表情を変えながら、仕事をしていたのじゃないかと思います。午後五時半を過ぎたら、操作室には私ひとりだけになりました。スタッフも私が怒っていることをビンビン感じたのかもしれません。それまでは、〝弟たち〟が入れ替わり立ち替わりやってきて、私の気分を和らげようとしてくれていたようですが。

最後のプリントがレーザーイメージャーから出てくるのを確認したあと、「業務終了」の項をクリックした私は――操作室と撮影室を仕切るドアを、
バーン!!

と、思いっきり蹴っ飛ばしました。

あとでそのドアに「八ツ当りしてごめんね」と言いながら、撫でましたけど。

ようやく行くことができたトイレから、出て来た私は、危うく「明日《あした》から来ねい!!」と口から出そうになりました。やってられませんよ、こんなやらせ仕事なんか！

だあれもいなくなった廊下を更衣室へと向いながら、私は、ウシワカ先生の台詞《せりふ》をことさらに強調して、大声で言い放ちました。

「長居は無用だあ!!」

ウシワカ先生は、もっともっと穏やか〜に、私とすれ違い際《ぎわ》にぼそっとおっしゃったのです。そして、今年度早々にこの病院を辞めて、開業なさってしまいました。患者さんにとっても、私たちスタッフにとってもいい先生だったのに……。「学会から帰って来なくていいよぉ」と、看護婦たちとささやきあっている医師が残っています。

もちろん、私の信頼する先生方もまだたくさん、いらっしゃいます。でも、一緒に仕事をせざるを得ない医師の中には、暴君に見えてしまうような医師もいるのです。検査予定をコロコロ変え、どの薬品や器具を準備すればよいのか詳しく伝達もせず、「何年看護婦やってんだあ!!」と怒鳴りつけて、一〇年二〇年キャリアの看護婦を薬品や器具を取りに走らせたりしています。どんなにキャリアを積んでも、細分化されてしまった医療の現場では、科が変われば看護婦の仕事内容も全く変わってしまいます。それに配慮できる医師は、決してこのようなことは言いません。特に、循環器、胸部外科、救急救命に携わる麻酔科など、一刻を争うようなことに遭遇する機会の多い医師たちは、決してこのようなことはしません。こうした先生方とも一緒に仕事をしていますから、私たちが、「学会から帰って来なくていい」と思ってしまう医師は、ことさら暴君に見えてしまうのかもしれません。

いちばん問題なのは、たとえ暴君のような医師であろうと、患者さんへの説明が不十分な医師であろうと、インフォームドコンセントに無関心な医師であろうと、外来で待ちつづけている患者さんの診察を若い医師一人に任せっきりにして、平気で研究論文作成に熱中している医師であろうと、検査や手術をたくさんこなして、学会に名を馳せている医師であれば、「よく働くいい医師だ」と経営陣に評価されていることだと思います。このような経済効率優先の風潮の中で、毎日コマネズミのように動き回っている現場のスタッフ——特に看護婦——は、いつ事故がおきても不思議ではない状況と背中合わせで、常にハラハラしながら仕事をしています。「世の中そんなもんだよ」と諦めることもできず、尊敬できない医師に対して唯唯諾諾《いいだくだく》として仕事をすることもできず、私は、なおさら、切れてしまいそうになるのでしょうね。

このようなことがあった四日後の深夜、私は、妙にリアルで意味深長な夢を見ました。

地震のような揺れを感じて、私はふと目覚めかけました。私の寝ている部屋の襖や本棚が見えてましたが……目の前に全部嵌《はま》ったジグソーパズルがあったのです。その中央より少し左手前の方が、あたかも造山運動のように盛りあがっていて、はずれそうになっていました。うららうらと半覚醒状態の私は、「ああ、そうか。〝あの世〟ではちゃんと嵌《はま》っているんだ……」と思っていました。ふと、気がつくと、私の右掌にジグソーパズルの一片がありました。どうも、しっかり握っていたらしいのです。うつらうつらしながら私は、「持ってちゃぁ……だめなんだよな」、と思っていました。

〝あの世〟という表現が登場したのは、ドアを蹴っ飛ばした日から読みはじめていた、『未来を開く「あの世」の科学』(天外伺朗《てんげしろう》・祥伝社)に由来するものでしょう。今年、千葉・亀山での夏の講座でテキストになる本です。

老賢人が世話人ですから、私はもちろん、参加する予定で本を読みはじめたのです。

すっかり目覚めてからも、私はこの夢がやけに気になり、あれこれと思いめぐらしました。朝のニュースでは、地震の報道はなかったのに、あの揺れはなんだったのだろう？　嵌《はま》っていたジグソーパズルが盛り上がって、はずれそうになっていた意味は？　右掌の中のジグソーパズルの一片は、何を意味するのかしら？　うーむ、「要は決断」かな、この一ケは……。人生の岐路……？　持ってちゃ、だめだよ、ちゃんと元に戻しておかないと……。　待ってよ、元に戻すということは……どういうこと？　ちゃんと完成していたのに持っていては、未完成ということじゃない？　持ったままでいるのか、元に戻すか……両極になってしまう……。私の願いが我欲《がよく》なのか、すべての生命にとってよいことである吾欲《ごよく》なのか、わからない……。揺れるわけだ……と、大きな溜め息がもれました。

「我《が》」や「吾《ご》」は東洋の古典によく登場し、現在、翻訳されている多くの本では、ほとんど「われ」「わたし」などと訳されていますけど、古代人はしっかり使い分けていたようです。老賢人の仮説を借りれば、「我《が》」は「概念的な自己」、「吾《ご》」は「本質的な自己」です。ユングも「自分」ということを大きく二つに区別していて、ｅｇｏ《エゴ》とｓｅｌｆ《セルフ》という言葉を使っているようです。これらの仮説から、私は今のところ、我欲《がよく》と吾欲《ごよく》を次のように区別しています。我欲は、個体としての命を維持する最低限を大きく越えてしまって、自分さえよければ自然環境や他のいのちなどどうでもよいというような欲。吾欲《ごよく》は、人類だけでなく、天地自然やすべてのいのちと一つになっているところから自《おの》ずと発する、願いにも似た欲である、と。

数日後、私はこの夢の話を、カウンセリングの大先輩であるサクラさん宛に、手紙で伝えました。三、四日で届いたサクラさんからのお返事には、次のようにしたためられていました。

「〝あの世〟では、ジグソーパズルはちゃんと嵌《はま》っているのではなくて、一片一片が自在に飛び交っているのだと思います。」

そう言われれば、そんな気もします。なにしろ「あの世」は、すべて「たたみ込まれている」そうで、あなたも私もなく、過去も未来もなく、生も死もなく、善悪もないらしいのですもの。「あの世」とは、認識できない世界のことを、私たちに想像しやすくするために、天外《てんげ》氏があえて使った表現だということです。「たたみ込み」というのは、理論物理学者のデビット・ボームが宇宙モデルの仮説で使用した表現のようです。天外《てんげ》氏の記述によると、「ボームの宇宙モデルによれば、われわれの身の回りにある、目に見える宇宙（この世）は、実は単独に存在するのではなく、その背後に、もうひとつの目に見えない宇宙（あの世）の秩序がある、としており」目に見える宇宙を「明在系」、目に見えない宇宙を「暗在系」と呼んで、「両者は密接に関わり合いながら、つねに変幻流転している、という説です。」、と紹介していました（『ここまで来た「あの世」の科学』・祥伝社）。そして天外氏は、親切にも、ボームの仮説を次のように端的にまとめてくれてもいました。

「暗在系では、明在系のすべての物質、精神、時間、空間などが全体としてたたみ込まれており、分離不可能です（ボーム）――」

また、天外《てんげ》氏は、ユングの「集合的無意識」も「あの世」つまり、「暗在系のことを語っていると言っていいだろう」と述べていました。『ここまで来た「あの世」の科学』は、『未来を開く「あの世」の科学』の前に出版された本で、私は二冊一緒に買い求めて、あっという間に読んだのでした。もし、これらの本に記されていることが、今のところ、この世界全体を記述する最新情報ならば、やはり「あの世」では、ジグソーパズルはちゃんと嵌《はま》ってなんかいないのだ、と私は思いました。

私の心が大きく揺れている……それも地震のように。

サクラさんからのおたよりが届いた翌日も、私はジグソーパズルの夢が気になっていました。帰りのバスの中で、ふと、少し前に読んだジェンドリンの『夢とフォーカシング』（福村出版）のことを思い出し、フォーカシングを試みました。夢のことを思いながら、なかば目を閉じて、ジグソーパズルに訊ねてみたのです。

「はずれそうだったけど、その時、どんな感じがしたの？」

それは、しばしの沈黙ののちにこう言いました。

「窮屈だったんだよ。」

「……そうか……そうだったのか……」

と心の中でつぶやいたとたん、涙が出て止まらなくなってしまいました。バスの中から、通い慣れた街の灯がぼやけて見えました。ティッシュで涙を拭き、再び目を閉じてジグソーパズルに語りかけました。

「答えてくれてありがとう。……パズルの一片一片が育っちゃったのかもしれないね。」

そうしたら、またしても涙がにじんできてしまいました。

それでも仕事を辞められない私は、なんなのだろう？　まだ放せない、放したたくない何かがあるのだろうか？

自問自答しながら、私はまだ結論を出せないでいます。

一〇年以上前の計画では、今年四月、私の誕生日に仕事を辞める心づもりでいました。そのときの計画では、職場の雰囲気もずっと良くなっていることを想定していたし、子どもたちも仕事に就いてひとり立ちしていることを想定していたのです。七〇年ぶりの大不況ということは……頭にありませんでした。

それにしても、高校を卒業する頃に、計画を立てるのはもうよそうと思い定めていたにもかかわらず、楽観的で未来志向型の私は、都合の良いイメージだけを思い描いて、その通りになると思いこむ傾向が大いにあるのですね、きっと。もっと簡単にすっきり辞められるだろうと思っていたのです。まさかこんなに思い悩むとは、想像もしてませんでした。まるで離婚を決意する前と同じように、迷いに迷い、悩みに悩んでいます。

ハナノもそうだったのかしら？　銀行を辞めるとき……。そうね、きっと悩み、迷いましたよね。囲りの人からは、スッパリ辞めたように見えたかもしれませんけど、居酒屋Ｄａｄａ《ダダ》で過ごしたときから二年という歳月は、その悩み迷いの期間だったのでしょう。辞めたあと、どうやって食べて行くのか、歳をとって痴呆が進んでいくおかあさまの面倒を、ひとりっ子のあなたがどこまで看《み》られるのか、あなたの志《こころざし》とどう折り合いをつけるのか、ヒモのようになってしまったつれあいとの関係をどうするのか……ｅｔｃ．

私も、もう一、二年、迷いに迷い、悩みに悩み抜かなくてはいけないようですね。

それでは、今日はこのへんで……。

ときどき、夢の中にでもいいから、会いに来て下さいな。アヤメのところに会いに来たように……。

心をこめて

ハコベ。

Ｐ・Ｓ・これから休日出勤です。

７／４　八時〇五分、書き終り。

5　激動と閑静

一九九九・九・二〇

ハナノ、

あなたのお花畑では、今、どんな花たちが咲いていますか?

わたしたちの世界のお花畑は、今年は妙な具合です。梅雨が開けたのか開けないのかわからないような状態のまま、秋風が吹いています。いつもの年なら、コスモスが元気に咲き乱れている季節なのですが、この天候で調子が狂ってしまったのかしら、心なしかひ弱な感じがします。この調子では、今年の紅葉もあまりきれいではないかもしれません。

そんな九月の一一日、千葉県、亀山での「易経とカウンセリング」の講座に行って参りました。

新たに占ったことは、何も無いのですが……、三月に占ったことがこのごろ妙に気にかかり、ひとりで判断したままでいるのはよくないような気がしてきたのです。そうです。私の読みに自信がないのです。なにしろ、何回か読み誤った手痛い経験がありますから。それで、易経講座のメンバーにも検討してもらいたくなったのです。特に、「坤《こん》が師《し》に之《ゆ》く」意味がなんなのか、私の読みだけではどうしてもピンと来ないのです。自費出版の件で占ったのでしたが……近ごろは、以前にも増して仕事を続けていると、ほんとうに何か大病を患《わずら》うか、あるいは、何か取り返しのつかないような過《あやま》ちを犯すのではないか、という不安に襲われることさえあります。自己流で判断するのもいいでしょうけれど、なにしろ洞察力の無い私。重要なことを読み落としてやしないかと、気になってしかたがありませんでした。

私の卦《か》は、初日の午後のセッションで検討してもらいました。ノートを見ながら黒板に卦《か》を書き写していたら、ヒバリさんが確信をこめたように、

「ハコベさんのことじゃないわね。」

と言いました。

私自身のことは、講座が始まったばかりのときに本来性を占ったことと、「今年の運勢」以外、亀山で検討してもらったことはなく、あとは全部頼まれたことだったので、ヒバリさんがこう言うのも無理はないと思いました。ヒバリさんを振り返り、私はニッと笑って言いました。

「私のことよ。」

本《ほん》卦《か》

坤《こん》上《じょう》
坤《こん》下《か》

②

坤《こん》為《い》地《ち》

之《し》卦《か》

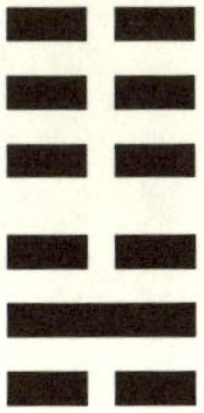

坤《こん》上《じょう》
坎《かん》下《か》

②

地《ち》水《すい》師《し》

何を占ったかを話し終えると、ヒバリさんの開口一番、

「〝時機にかなっているでしょうか〟って、言いたいことがよくわかんない。」

私は、単行本を一冊という夢をずっと抱いていたこと、その夢を現実化してみようと思い立ち、今、出版してもいい時機かどうかを占ったと、説明しました。

「出版するのはいつ？」

ヒバリさんは訊ねました。

「最初の心づもりでは、今年中にまとめて今年中にメドをつけたいと思っていたのだけど……実際にやってみると、なかなかはかどらないのよね。食扶持《くいぶち》の仕事をしている時間がいちばん惜しいと感じちゃうの。」

私は、少し溜息まじりに話しました。

「二足の草鞋《わらじ》は、たいへんなのよねぇ……」

彼女は、私にほっとさせるような笑顔を向けて言いました。ヒバリさんは、休みをとりにくい職場にいるにもかかわらず、ほとんど毎週、亀山に馳せ参じ、講座のときのお台所を切り盛りしているので、身につまされたのかもしれません。

自費出版の話は、結局、仕事に関しての話になってしまい、私は、「明日《あした》から来ねい!!」と危うく口から出かかった話と、ジグソーパズルの夢の話もしました。

すると、老賢人が笑みを浮かべながら、

「のるか、そるかだねぇ……」

とおっしゃいました。

私は、うーむ、やっぱり……と思いました。そこで私は、私にとって、肝心な質問をしました。

「自費出版はOKと読んだのですが、この坤卦《こんか》の由《よ》って成《な》るべき六二《りくじ》が変爻《へんこう》で、師《し》に之《ゆ》く意味はなんなのでしょう?」

「戦《たたか》いに赴《おもむ》く。」

老賢人はキッパリとおっしゃいました。

「……やっぱり、戦《たたか》いなんですか?」

私は、いまひとつピンと来なくて、確認するように訊ねました。その問いにすかさず、ヒバリさんが応じました。

「そりゃそうよ。〝のるか、そるか〟だもん。」

「……」

ああ、やっぱり、人生の岐路。決断は、ひとえに、この私にかかっている……。

しばしの沈黙ののち、私は再び話し始めました。

「それは、強烈に感じたのですけど……その一歩がなかなか踏み出せません。やっぱり怖いんです。このまま仕事を続けているのは精神的に苦痛なのですが……楽なことは楽なんです。有給休暇は取れますし、仕事は後輩がカバーしてくれて、残業も、私は当番以外あまりしないで済んでいます。それでいて、〝休まず〟……休むけど(笑)、〝遅れず、働かず〟でも、ちゃんとお給料もらえるんですから……。」

私は、話しながら、お金の問題ではないんだけどなあ、と思っていました。

すると、ヒバリさんが少しハスキーな声で笑いながら、

「ハハハ……茹《ゆ》で蛙《がえる》ちゃんね。」

と、愉快そうに言いました。

「えっ？　なに？　その茹《ゆ》で蛙《がえる》って……」

「低・温・ヤ・ケ・ド。」

「?……」

目をパチクリさせている私を見つめ、ヒバリさんは話し始めました。

「蛙ちゃんのいる池か鍋の水が、急に熱くなれば、ジャンプしてにげちゃうでしょ？　ところが、ゆっくり、じ

んわり、あったか〜くなってきて、〝危い!!〟と思ったときにはジャンプする力が無くなってて……茹《ゆ》で上がって死んじゃうの。蛙の釜茹《かまゆ》で、一丁あがりィ！　ってことになっちゃうの。」

「うえーっ！　とんでもないこった!!」

思わず地が出てしまったと同時に、去年の夏のワークで、温泉の湯舟に浮いていた小さな蛙の姿が、私の脳裡をかすめていきました。

突然、老賢人が聞き取れないほどの声で、ボソボソとおっしゃいました。

「じしん……さいきん……もごもご……」

私は最初、「自信」のことかと思いましたが、老賢人の隣にいたヒバリさんが即座に、

「一ケ月前、トルコであったわよ。」

と言ったので、初めて「地震」のことだとわかりました。

坤為地《こんいち》の文言伝《ぶんげんでん》（孔子がまとめた十翼《じゅうよく》の一つ。乾《けん》と坤《こん》にだけ付された、卦《か》を飾る言葉）には、次のように記されています。

　坤《こん》は至柔《しじゅう》にして動くや剛《ごう》なり。

ちなみに乾《けん》は至剛《しごう》です。柔順、柔弱、百パーセント受容、静の坤《こん》の卦《か》がなんと、動くときは、乾《けん》と匹適するほど剛だというのです。そして、この「動」の文字が坤卦《こんか》に登場するのは、文言伝《ぶんげんでん》以外では六二《りくじ》に付された象伝《しょうでん》（十

翼の一つ）だけなのです。

象《しょう》に曰《いわ》く、六二《りくじ》の動は、直にして方なり。

私は、ガッツーンと一発、ぶんなぐられたような衝激を受けてしまいました。なんと、坤卦《こんか》の二爻変《こうへん》は、地震を意味していたのです！

——わお!! 早く動けってこと？ 私が動かないと、あちこちで地震？

ジグソーパズルの片隅が、造山運動のように盛り上がったあの夢が、瞼に、ばっちり、くっきり写し出されました。

——なによ、これ……なに、これ？

四年前の一月ワークで、怒りを抑える限界を越えてしまい、爆発してしまった二日後の神戸の大震災のことまで甦えってきました。一月一六日にワークが終了したのですが、私に怒りをぶつけられた方にとっては、大地震にも匹敵するようなことであったろう、と気になっていた矢先のことでした。そして、今年六月のジグソーパズルの夢……八月一七日のトルコの大地震……

——これって……これってなんなの？ 地球規模で「六二《りくじ》の動」の時機？ 私もそれに同機、同調しているの？

シンクロニシティ……共時的現象？

こんな驚きと混乱を抱えたまま、九月一二日夜、帰宅すると、テレビの画面に地震情報のテロップが写し出されていました。

震源地。千葉県北西部。横浜市保土ケ谷区、埼玉県南部、震度四。

カスミのいる浦安は震度三でした。

——千葉県中央部に位置する、上総《かずさ》亀山も揺れているかも……

と、私は思いました。

——どうなってんの、これ?……これは、えらいこっちゃ……

私は背中に冷水をかけられたような感じでした。なにやら、うっすらと、はっきりしない感じはあったけど、こうも大ごとになるとは!

そんな気持を引きずりながら、仕事に出かけた週初めの火曜日、午前二時三〇分。今度はなんと、大地震に遭遇した夢をみたのです!

私は、ワークショップの場にいるような雰囲気の大広間にいました。三、四〇人ぐらいの人びとが車座になって坐っているときに、ものすごい揺れが襲ってきました。ガラス張りの、ドームのような天井が大音響と共に、ガラガラー、ガチャガチャーと崩れ落ちてきました。当カウンセリング研究会のメンバーの他に、なぜか弟のスギオもいたのですが、それぞれが慌てて太い柱や壁に、すばやく身を寄せました。私は、そばにあったバスタオルか座布団のようなものを引き寄せ、サッと頭にかぶり、すぐ近くの壁にへばりつきました。建物全体が、いまにもぺっちゃんこになりそうな大揺れで、私は恐怖で身がすくむ思いでした。絶体絶命かと思うほど、もはや動くこともできないくらいに大揺れに揺れていました。しだいに揺れがおさまって来て、私は、ほっとする間もなく隣の部屋にいるアサオのもとへと、すっとんで行きました。アサオは、顔面蒼白になって座卓のそばに坐りこんでいましたが、無事でした。

「大丈夫？　アサオ!!」

彼女は、恐ろしさのあまり声も出せなかったのでしょう。私を見上げて、コックリとうなずきました。

「カスミが心配！　電話して！」

折よく座卓の上に携帯電話があったのですが……赤や緑のボタンがはずれていて、まるで宝石のようにキラキラときらめいて、座卓の上に散乱していました。私は、ゆっくりと立ち上がったアサオに

「壊れているんじゃない？」

と言いました。アサオは物憂気《ものうげ》に

「大丈夫だよ」

と、言ってエメラルドのような光り輝くボタンにだけ指を触れました。早く！　早く連絡を取りたい!!　と、あせっているところで、どきどき、はあはあしながら目を覚ましました。

あまりのリアルさに、私は、しばし茫然自失。とにかく、あの二一年前の宮城県沖地震よりも大きな揺れで、夢の中でさえ、あんな大揺れの地震は経験したことがありません。

夢だとわかって、いくらかほっとはしたものの、早いとこ畑を手に入れて、元気なうちに農業のことを少しでも多く学んで、子どもたちも弟家族も、みんなで寄り添って暮らさなくてはいけない！　という思いが、さあっと脳裡をよぎっていきました。

ようやく気持が落ちついてきた私は、ガバッと起き上がり、布団の上に正座して枕を三度叩きました。子どもたちも、弟家族も、私と親しく交流してくれている人びととその家族も、みんな無事でありますようにとの願いをこめて、夢違《ゆめたが》い観音《かんのん》に祈ったのです。

それにしても……常には動かぬ大地が、現実でも夢でも大きく揺れ動いている……。これは——「明日《あした》から来ねい!!」と口から出かかりつつ、三〇年間勤めた職場を辞められないでいる、私の心的状態との対応なのでしょうか？

『「易」心理学入門』によれば、ユングは共時的現象を三つのカテゴリーに分類しているそうですが、その中の一つに、「ある心的状態と、それと同時に生じるそのような心的状態に対応するような客観的で外的出来事の符号」という項目がありました。

いったい、私に何が起こっているのでしょう？　ジグソーパズルの夢、遠く離れたトルコの大地震、私に告示された坤為地《こんいち》二爻変《こうへん》の卦《か》、そして、この夜の大地震の夢……。「分離不可能な明在系と暗在系（ボーム）」。私は——地球規模の大変動のまっただ中にいる、という否定しがたい感覚。そのようなとき、天・人・地三才《さんざい》の中心にいる「人」は、何を為すべきなのか？　自然に則して生きるべきか、このまま、明在系のみを「現実」とした人為・人工を追求する社会で生きるのか、……。私は、仕事の件だけではなく、何かとてつもなく大きくて、重要な決断を迫られているような気がして、畏怖をともなった戦慄が全身をかけ抜けるのを覚えました。

この夢で、「えらいこっちゃ！」の十乗《じょう》気分が抜けきれないでいた九月二一日。今度は極めつけと言わんばかりに、台湾の大地震のニュースに接しました。私は愕然として、息をのみました。「えらいこっちゃ」は一気に一千乗《じょう》ぐらいに跳ねあがりました。この期《ご》に及んでも、なお決断できずに、動こうとしない私自身が地震を惹き起こしているような感覚にとらえられ、ぞわ〜〜っと総毛立つのを感じました。

「ハコベ、傍観しててていいの？　あなたというミクロコスモスは、大自然というマクロコスモスと決して無縁ではないのよ。あなたが動かないと、ほんとうにあちこちで大地が揺れ動き、多くの人びとが死んでいくかも……」

どこからか妙な声さえ聞こえて来て、私は、一種の強迫観念のような思いにとりつかれました。

ハナノ……私は、こんなすごい不思議なことに出会っても、まだ決断できないでいます。なんて腑甲斐無《ふがいな》いんだろうと、涙さえ出てきます。行くも地獄、留《とど》まるも地獄という感じで、心は大揺れに揺れながら、身は硬直したまま一歩を踏み出せないでいます。三〇年勤めた職場を定年前に辞めるということは、私にとって人生の大転換です。しかも、この個人的な大転換は、地球規模の大転換と同機・同調（シンクロ）していることは、圧倒的に力をもって迫っています。それにもかかわらず、私はグズグズしています。

年金はまだもらえない、退職金もいくらもらえるのか、調べたことがないので不明。一〇年前『指輪物語』（トールキン・評論社）を読み、樹木の精・エントたちのいるような森の近くで暮すために、お金を貯めようと思っていたのに、それもできませんでした。そのうえ、今のような医療に携《たずさ》わるのはもう御免だと思っています。放射線技師の資格はあっても、こうなるとまったく潰《つぶ》しが利きません。洞察力が無いので、カウンセラーにも易者にもなれません。つまり、現金収入の道はまったく無しと言っていいでしょう。農業をやろうとしても、花も植えたことのない、完璧な都会人間。一から始めなくては、お米の代りになるイモもカボチャも大豆も育てられません。仕事を辞めたあと、どうやって食べて行くの？　と思うと、野垂れ死にのイメージがどっと押し寄せて来ます。仕事中、頭に来て「こんなことなら、飢え死にした方がマシだ！」と思っても、現実問題となると、まだ飢え死にしたくはなさそうです。

九月二二日で筆が止まったまま、四日もお休みしてしまってごめんなさいね。

九月二三日から一泊で、かねてから予定していた月山登山に行き、引き続いて二日間、研修センター・掌風荘でのカウンセリング・読書会に参加していました。

月山登山には、芭蕉の蕉風俳諧《しょうふうはいかい》をひき継いだ、老賢人の掌風《しょうふう》俳諧グループのメンバーと一緒に行ったのですが、アンズも加わったのですよ。ぺんぺん草のメンバーとカウンセリングのメンバーが親しく交流できて、私はとても喜ばしく思いました。

でも、出かける直前まで、内と外とが大震動状態だったので、私は、登山に行くのがなんとなくうしろめたい気がしました。出発する朝は、台風接近中で、集合地の仙台は雨でした。まるで「遊んでるどころじゃないでしょう」と言われているような気さえしました。けれども、この計画は一年も前から約束していたことでしたし、「約束する」ということは、人間にしかできないことなのだ、とも思いました。こうなったらもう、この二日間は、すべて起こるにまかせて、その起こることを楽しもうと思いました。私の迷い、逡巡《しゅんじゅん》、切迫感は、そう簡単に結着がつきそうもありませんでしたしね。

国道四八号線を抜けて山形に入ったら、雨が止み、道路も乾きかけていました。最上川《もがみがわ》の舟下りをするため、古口《ふるくち》という所に着いたころには、風は強いものの薄陽さえ射してきました。

舟の中では、ビールでほろ酔い加減になった私は、JRの出向社員だという、あったか～い山形訛《なまり》の船頭さんと掛け合い漫才のようになってしまいました。他の乗船客からも笑いが漏れるほど……。我ながら、これでは悩み迷っている人には見えないだろうな、と思いました。

両川岸にそそり立つ山々、その懐《ふところ》に抱《いだ》かれているような「古代杉」の凛《りん》とした姿が、とても印象的でした。日本中、いたるところにコンビニがあり、どこもかしこもほとんど都会と変わらなくなってきた昨今、「凛」という言葉も姿も消えかけているような気がしました。

古口の観光舟着き場から「表合《おもてあ》わせ」(歌仙・三六句のうち、最初の六句だけ詠む)を開始し、最上川舟下り→羽黒山→南谷《みなみだに》を廻って、宿のペンション・ポレポレ(スワヒリ語でのんびりの意)で完成しました。


「出羽《でわ》づくし」

平成一一年九月二三日
於山形

発句《ほっく**》** 焦翁《しょうおう》を慕《した》い出羽路を蕎麦《そば》の花　紅舟《こうしゅう》

脇《わき》 秋霖《しゅうりん》上がり最上舟唄　呂胡《ろこ》

第三　酌み交す「銀嶺月山」月映えて　童元《どうむ》
表四　集《つど》う六人羽黒に詣《もう》ず　紙魚《しみ》
表五　南谷《みなみだに》夢さそうなり苔香る　史歩
表六　灯《あかり》しみじみポレポレの夕《ゆう》　渓玉《けいぎょく》

掌風俳諧《しょうふうはいかい》は、レスポンス（カウンセリング場面で、来談者《クライエント》の表明にカウンセラーが応じること）の鍛錬として、ワークショップや講座で活用されています。このときから俳号《はいごう》を使うことになったのですが、どれがアンズの句で、どれが私の句かわかりますか？　ハナノには、きっとすぐにわかってしまうでしょう。

宿のポレポレに着くころ、再び雨が降ってきて、翌日の登山は中止せざるを得ないのでは？　と心配しながら眠りにつきました。

ところが、翌朝は雲一つない快晴！　接近中の台風はどこへ行ってしまったのだろうと、みな不思議に思うほどの、絶好の登山日和《びより》。風は少し強いものの、とても爽やかな朝でした。サクラさんの持っていた杖が、風の吹くたびに笛のような音楽を奏《かな》で、私たちはその音を楽しみながら頂上をめざしました。

手を伸ばせばすぐ届きそうなまっ青な空と、紅葉が始まりかけた草原の黄色。銀色に輝く麓《ふもと》の街々。稲刈り間近かの黄金の平野。眼下に広がる山々の深い緑の連らなり。

頂上近くの見晴し台からは、鳥海山《ちょうかいさん》の雄姿がくっきりと眺められ、日本海に浮ぶ粟島《あわしま》や飛島《とびしま》、そして遥《はる》か彼方《かなた》、男鹿《おが》半島の寒風山《かんぷうざん》までもが青い陵線を描いて横たわっていました。

風が、紺青《こんじょう》の日本海から吹きつけていて、私たちは、台風が日本海に抜けたことを知りました。下から吹き上げてくる風と、山頂から吹き降ろす風とが山あいで出会い、渦巻き、そして私たちの目の前で、小さな小さな雲が、ぽわっと生まれました。

私たちは、感嘆の声をあげながら、この雄大で美しい風景に抱《いだ》かれていました。

――ここは、なんと美しい国だろう！

私はかつてこの国にやってきた渡来人になっていました。

――なんと豊かな地であろう！　ここに生涯住めたなら、なんと、幸いなことだろう！

そんな想いと登山前に読んだ『新・山形風土記３・出羽三山文学紀行』（編集・笹原信・一粒社）の山嶽信仰や民衆の思いとが交差し、私は、「ここは、神々の住う国だ」と心底思いました。「神の国」ではありません。「神々の国」です。日本人は、石も樹も滝も山も、死んだ人でさえ神さまにしてしまいます。仏教で統一しようとしても、ここの土着の民びとは、仏さまを祀ると同様に、太古の昔から変わらずに、石や樹や滝を祀り、時には、藁で神さまを作りさえしました。明治のころ、廃仏毀釈《はいぶつきしゃく》、国家神道で統一しようとしても、神さまになってしまった仏像やお地蔵さまや観音さまを秘かに守り、そして相変わらず石や樹や滝や山や岐《わか》れ道を祀り、花を添え、お供え物をあげてきました。心の奥の奥の、深いところで日本人は、この世のすべてが神さまだと受け容れているかのようです。老賢人が語るごとく、八百萬《やおよろず》の神々というのは、太古の地球には八百万くらいの人びとしか住んでおらず、その一人一人が「神さま」だったのかもしれません。

列島の背骨のように連なる山々、天然のダムであるブナの森、西に東に下る沢は、たちまち海へと辿り着き、山の恵みを海へと注ぐ……。海幸彦、山幸彦の物語は、この列島への天地の恵みの讃歌だったのではないでしょうか。

近ごろ登山する機会が増えましたが、どの山に登っても、豊かで美味しい水に感激します。あるフランス人が、日本に来て「神は不公平だ!」と叫んだそうですが、こんな豊かな水は、他にはないだろうと思われます。私たちは、この列島に生まれ落ちたときから、すでに天地の恵みを賜《たまわ》っている、と私には思われました。そして、この日の思いがけない晴天! 私は、供物も捧げぬうちに、天から先に贈り物を授かったような気がしてしまいました。

振り返れば、私の半生もまた、たくさんの恵みを賜っているのだと思いました。友人に恵まれ、子どもたちに恵まれ、良き先輩や後輩に恵まれ、最良の師に恵まれ、何度かの相思相愛にも恵まれました。戦争の怖しさから免れ、飢えに苦しむことからも免れました。

坤卦《こんか》の文言伝《ぶんげんでん》には、次のような一節があります。

善を積む家には必ず余りの慶《よろこ》びあり。不善《ふぜん》を積む家には必ず余りの殃《わざわい》あり。

善とは、良いことではなくて、自然に則するということであり、不善とは悪いことではなくて、人為・人工・我欲のことであると、老賢人の著書『かりのやど』（山径会）を読んで私はそう理解してます。「善」は、「自《おの》ずと然《しか》り」の「自然」につながるのだと。

私に与えられた恵みは、私ひとりの努力や才覚などではなく、善（自然）を積み重ねた祖先の家系《クラン》による〝おこぼれ〟なのだと身に沁みて感じました。そして、これほどの恵みを先に賜っては、天命を受け容れねばなるまいと思いました。

「天の声」は聴こえて来ません。下手《へた》に聴こえれば、新興宗教に間違われるのかもしれませんが。けれども、自費出版の件で占って得た坤卦《こんか》は、易経の最初に登場する乾《けん》（天）を承けて万物を生み出す大地の卦《か》であり、いわば、天命を受け容れる卦《か》でもある、と思えました。もしそうならば、自費出版のみにかかわらず、私は、生き方そのものを変えるよう、迫られているのだと思いました。

ユング的に読み解けば、坤卦《こんか》・六二《りくじ》の老陰《ろういん》は、下卦《かか》の中心が今、まさに転換しようとしていることを意味し、集合的無意識の圧倒的な力、あるいはまた、地下のマグマを象徴しているようにも思われます。そのマグマが、情容赦なく活発に活動を開始し、私の我欲（年金、退職金、給料など）と吾欲《ごよく》（お金にならない、ほんとうの仕事）がせめぎあい、戦《いくさ》に赴《おもむ》きつつあるのです。之卦《しか》の地水師《ちすいし》の卦辞《かじ》に付されている彖伝《たんでん》（十翼の一つ）と象伝《しょうでん》には次のように記されています。

彖《たん》に曰《いわ》く、師は衆なり。貞正なり。能《よ》く衆を以《ひき》いて正しければ、もって王たるべけんや。
剛（師卦《しか》の一陽）、中（下卦《かか》の中心）にして（君位の五爻《こう》に）応じ、険《けん》を行《おこな》いてしかも順なり。ここをもって天下を毒《くる》しめ、しかも民これに従う。吉にしてなんの咎《とが》めがあろうか。
象《しょう》に曰《いわ》く、地中に水あるは師なり。君子もって民を容《い》れ、衆を畜《やしな》う。

ユング的に読み解き続けていくならば、下卦《かか》は、天地自然につながる広大な無意識層。師卦《しか》のたった一ケの陽である九二《きゅうじ》は、下卦《かか》の中心に位置し、「言《げん》に宗《そう》あり、事《こと》に君《くん》あり」（『老子《ろうじ》』第七十章）の核たる「吾《ご》」、つまり「本質的自己」、ユングの語る「自己《セルフ》」でありましょう。「宗」とは、祖先や祖先の霊を意味し、ユングの重要な概念の一つである集合的無意識（普遍的無意識）に当ると思います。

集合的無意識というのは、個人的無意識よりさらに深い層の、人類共通のものと考えられています。世界の神話がどこか皆、共通するファクターを有していることから、ユングはこの概念を仮定せざるを得ないと考えたようです。

下卦《かか》の水（坎《かん》☵）は、険難をも意味していますから、地下（上卦《じょうか》は坤《こん》）に険難がひそんでいることを意味しています。それを心して、上卦《じょうか》の意識は坤《こん》の徳（柔順、受容）を失わずにいれば、九二《きゅうじ》との陰陽の結合によって、たとえ「三千人の自己」が苦しむような事が起きようと、核になる「本質的自己」に従って来る、と伝えているように読めます。このことによって、意識と無意識は、一時戦ったとしても、統合されて幸運であり、なんの咎《とが》めがあろうか、と読めてきます。

「三千人の自己」というのは、古来から東洋では「人は三千」と言われており、「一人の人には、三千人の自己がいる」という意味です。老賢人とのワークショップや、講座でよく登場する言葉です。『二十四人のビリー・ミリガン』どころではなく、「三千人のハコベ」ということです。

明在系では、一個体として見えるハコベには、自覚・認識できない暗在系のハコベたちもいて、自覚、認識できるハコベたちと、今まさに戦っています。茹《ゆ》で蛙《がえる》になるか、ジャンプして新天地を切り開くか……何人ものハコベたちの声が、ああでもないこうでもない、ああだこうだ、と乱れ飛び交っています。しかも、こうした内的世界においても、外的現象界においても、大振動が起こっており、私は日々、非常に強い、切迫した感じに波状的に襲われているのです。地水師《ちすいし》・九二《きゅうじ》の爻辞《こうじ》に目を落とせば、次のように記されています。

九二《きゅうじ》。師に在《あ》りて中《ちゅう》す。吉にして咎《とが》めなし。王、三たび命《めい》を錫《たま》う。
象《しょう》に曰《いわ》く、師に在りて中す。吉なりとは、天寵《てんちょう》を承《う》くるなり。王、三たび命《めい》を錫《たま》うとは、万方懐《ばんぽうなつ》くなり。

今まで大病を患《わずら》うこともなく、生きてこられたというだけでも天寵《てんちょう》かもしれず、また王からも銀白の錫《しゃく》を与えられて三度目の命令を受けているらしいのに、私は、戦場のまっただ中で、引くに引けぬ、進むに進めぬ状態でいます。地水師《ちすいし》の九二《きゅうじ》、坤為地変爻箇所《こんいちへんこう》の六二《りくじ》は、まさに右掌にあったジグソーパズルの一片だ、という気さえしてきました。

ハナノ、私は、仕事を続けるかどうかを占うのは、分けて占うことの一番最後にしていて、いまだに占ってはいないのです。だけど、出てしまうのですね。いちばん気になっていることが……。

いつだったかの易経の講座で、老賢人は参加者に、厳しい面持ちで、こう問いかけました。

「なんのために、筮竹《ぜいちく》を取るんだ?」

そのお声は、威厳に満ち満ちていました。

私は、なんのためなのか、考えあぐねて黙り込んでしまいました。ほかのメンバーも即答できず、しーんと静まりかえってしまいました。しばらくすると、老賢人は、その瞳に悲哀にも似た趣《おもむき》を漂わせながら、おっしゃいました。

「天意を問うのでしょう?」

「天意を問う」た答えは、「天の意志」です。

自費出版はOKだとしても、仕事と両立しないよ、という声もして多くのハコベが戦っています。我欲に留まるか、吾欲《ごよく》に従うか、……。そして、意識が、無意識の、特に核となる本質的自己と手をたずさえて結合し、調和、協調すれば幸運であると、地水師《ちすいし》の卦《か》は伝えているのだと思われます。

こうして、「天の意志」を伝えられているのに、「それでもおまえは、三〇年勤務した職場に安穏《あんのん》として居続けようとするのか?」、とささやきかける何者か。

でも、でも、その一歩が踏み出せないのです。

映画「インディ・ジョーンズ・最後の聖戦」のように、目をつぶって一歩足を踏み出せば、何十メートルもある谷底と同じ模様の橋が架っていたということになるのかもしれないのに。同じようなことは、一度経験しているというのに。いざとなると、幼いころからの臆病風に吹かれて、私は百尺もある竿の頭頂でもたついているのです。

すっかり長くなってしまいました。臆病者のハコベを笑って下さい。ハナノの爪の垢でも、もらっておけばよかったわね。今からでも遅くありませんから、送って下さいな。

それでは、またね。

こころをこめて

ハコベ。

二七日になってしまいました。

追伸。

二六日の朝、妙な夢を見ました。

職場のスタッフの一人であるその人の奥さんが、茶の間らしき部屋で、

「辞表、出してきたわよ」

と、さもなんでもないことのように報告していました。

目覚めて思うに、

「これって、ハコベのことなんだけどなあ……?.?.」

このスタッフの奥さんとは数回会ったことがあり、彼もよく家族の話をしていましたが、奥さんが仕事を辞めたがっているという話は、聞いたことがありません。

もしや、もしや、「自己三千人」のうちの核たるひとりは、すでに何もかも知っていて、実行しちゃっているのでしょうか? 〝私〟と言っている、私の意識だけがもたついているのでしょうか?。

6　恐怖

一九九九・一〇・二

ハナノ……

たいへんなことが起きてしまいました。いいえ、起こるべくして起こったと言っても言い過ぎではないでしょう。

茨城県東海村のウラン化合物を作る核施設内（ＪＯＣという会社）で、臨界事故が起きたのです。地上不爆発核融合、つまり、最近アメリカで行われている地下での核実験を、地上で行ったようなもの、と私は思っています。違うのは、実験ではなくて、事故だったこと。施設内で作業していた三人の従業員は、救急車で放射線核医学病院に運ばれたということですが、テレビの報道で症状を聞いていると、原爆の直撃を受けたような感じです。診療放射線技師学校で習った放射線防護の授業が、三〇年の時を超えて甦ってきました。医療で使うエックス線や放射線は、非常に弱いものですが、それでさえ防護は細心の注意を払っているというのに、テレビの画面を見ていると、この核施設はまるで食品加工工場かなにかのように写しだされていました。まるで危険なことは何もないという感じで、カモフラージュしてるように見えました。事故など絶対に起こらないと、たかをくっていたのでしょうか。この建物に隣接して住宅があったことに、私はいっそう唖然としてしまいました。そのうえ、施設と住宅の境界はフェンスだけで、建物と住宅との距離は、二〇メートルあるかないかだなんて信じられないような光景でした。許可をする国にも企業側にも、放射線関係のエキスパートは必ず配置するよう法律で決まっているはずなのに、何がどうなって普通の工場みたいに住宅と隣り合うことになってしまったのでしょう？

信じられないことは、これだけではありませんでした。ウラン化合物を作るため、作業員は、ウラン溶液をバケツの中で攪拌《かくはん》していたというのです。許可された正規の工程ではないことをやっていたというのです。もしかすると、やらされていたのかもしれません。これは想像ですが、三人の作業員は給料は高いかもしれませんけど、へたをすると放射線防護の知識はほとんどなかったのではないかと思われます。危険性を知っている人は、管理するだけで直接作業する現場に関わらず、知らない人に危険な仕事をさせていたように思われてなりません。もし、少しでも知っていたら、このような巨大な魔物を「暗在系」から呼び出すようなことはできないのではないかと思うのです。助けに行った救急隊員も、核融合を続けている建物内に、ほとんど防護も無しに入って被曝しています。この事故は、建物を破壊せず、人間を殺す中性子爆弾のようなものだ、と私は思いました。

この事件で、私は、八月末、亀山での『未来を開く〝あの世〟の科学』をテキストにした講座のときに、老賢人のおっしゃったことが思い出されました。

「科学とは、そもそも、本来〝あの世〟的」と。

老賢人は、天外《てんげ》氏の表現を借りて〝あの世〟とおっしゃいましたが、これは、科学というのは、本来「暗在系」を相手にしているということなのだ、と私は理解しました。もし、そうならば、応用科学に取り組む人は、もっと畏敬の念と注意深さと責任を持たなくてはいけないのではないだろうか、と思いました。そもそも、たかだか寿命百年足らずの、あぶくである人間に何もかもわかるなんて思い上がってはいけないのです。現に、最先端の物理学者たちは、「わからないことが明確にわかってしまった」科学の時代だと痛感しているらしいのですから（『易経の謎』より）。人類が月面に降りたったとか、惑星探査機が冥王星に接近したとか、国際宇宙ステーション建設とか喜んでますけど、私には、お釈迦さまの手のひらの上で、右往左往している孫悟空のように思われてしかたがないのです。

日ごろテレビを見ている限りでは、マスコミや有識者は、足元の大地の奥底や海の最奥のことも人類にはわかっていないのに、なんでもわかってしまったように見えるし、目に見えるものだけが絶対「真実」と思いこませるような宣伝をしているように見えます。

人間のからだの中の白血球の数や性質さえ、まだ完全にはわかっていないというのに、もっと極小の遺伝子までいじくりまわして、どうしようというのでしょう?　それこそ、核融合（10のマイナス13乗のレベル）事故と同じように、未知の世界から巨大な魔物を呼び出すことにもなりかねないと思うのです。数年前の技術学会における「免疫」と題する講演では、親や祖父母から、癌や糖尿病やリウマチといった種々の病気になるようなファクターを受け継いだとしても、発病する人としない人がいると聞きました。そういえば、結核菌が体内に侵入しても、みんながみんな結核に患《かか》るわけではないし、エイズに感染しても発病する人としない人がいるといいます。この違いは何か、ということもよくわからないで、遺伝子治療は医学の大進歩といった感じの、マスコミこぞっての宣伝は、いったいなんなのでしょう? 遺伝子産業が医療産業に参画するってどういうことでしょう?
「あなたは、こういう病気になる可能性が大いにありますよ」と脅《おど》して、人びとをおびえさせ怖がらせて、「だから、今のうちに遺伝子治療をしておきましょう」と、高いお金をふんだくって、〝人類に幸福をもたらすかのように見せかけている〟と思うのは、私だけなのでしょうか。核の平和利用とは言うけれど、原子力発電所から出る使用済み核燃料のやり場にも困っているというのに、これ以上、人間の力で制御できないことは、もうやめた方が人類のためだし、地球のためだと思うのですけど。「できること」と「していいこと」とは、違うような気がするのです。そう、これが易経で述べている「貞」なのかもしれません。

あっ、ごめんなさい。少々興奮して話があちこちに飛び、演説調になってしまいましたね。

台湾地震のショックからまだ立ち直っていないところに、東海村の核事故のニュースで、私はますます落ちつかない感じになっています。何をどうしたらいいのか、まるでわからないのに、「このままではだめだ」とつぶやきながら、私は巷《ちまた》をさ迷っているような感じです。日常の仕事やスケジュールに追われている、目に見えるハコベがいますが、目に見えない世界では、気が狂ったハコベが、涙と煤《すす》でぐちゃぐちゃになりながら、瓦礫《がれき》と化した都市をさ迷い歩いています。どこからか妙な声さえ聞こえてきます。

「何をしたらいいのかわからなくとも、ハコベはその身を空けておけ。」

「死すべき宿命《さだめ》の人の子。だからこそ、命張ったら?」

この右掌のジグソーパズルの一片をどうするのか……。握ったまま、自在に飛びから暗在系で待つか、整然としているかに見える明在系に再び嵌《は》めこむか……。でも、一片一片が育っていたら、もはや嵌《は》めこむこともかないません。心臓がドラムのように高鳴り、こめかみがズキズキと脈打ちます。

ハナノ……とても怖いわ……。このまま、暗在系から人間の都合のよいものだけを取り出すなんてことはできないわ。人間には制御・操作できないものが必ずついて来るのよ。何もかも人間しだいで毒にも薬にもなるのよ。人類が滅亡するか、いのちの営みを続けられるか、人間しだいということでもあるでしょう? お金儲けどころじゃないのよ。それをしっかり自覚しないで、このまま盗賊のように暗在系をひっかき回していたら、近いうちきっとたいへんなことになる……。どうしたらいいかわからないほど、私は怖い……。天の真意は何? 私にどうしろと言うのでしょう?

あなたに手紙を書いても、気持はなかなか鎮まりません。今日はこのままで許して下さい。

心をこめて

ハコベ。

7　メッセンジャーはトンボ

一九九九・一〇・三〇

DEAR、ハナノ

今年の一〇月は、まったく妙な天候です。一〇日ほど前は、冬のような寒さに震えあがっていたのに、昨日は九月中旬の暖かさで、私は、しまいそびれていた半袖ブラウスを着て出勤したほどでした。明日から一一月だというのに、銀杏並木には、まだ緑の葉がたくさん残っています。

寒かった一〇日ほど前、私は、直属の上司に、今年度いっぱいで仕事を辞める決心をしたことを伝えました。一一月早々に退職願いを提出する予定です。

九月末と一〇月初めの手紙には、決断できずにいることを書き連ねていたのに、どこでどうなって決心したのかと、不思議に思っていることでしょうね。

実は、私にも意外な感じがしています。決心したのは、まぎれもなくこの私なのですが、強烈な私の意志と言うよりは……なんと言いましょうか……ピッタリする言葉が見つからないのですけれど、あえて言葉にすれば「運命」とでも言いましょうか。それが、今のところ、いちばん言い得ているような気がしています。

ハナノに手紙を書いたあとも、私はひどく迷っていました。非常に切迫した感じで、私は怖ろしさをつのらせながら、さ迷っていました。

そんな精神状態でいたとき――、ハナノに手紙を書いた三、四日後のことでした。出勤途上の朝。バスから降りて交差点を渡っているときに、私はなに気なくジャケットのポケットに右手を入れました。

「……?……」

私の手に、何かガサガサするものが触れたのです。出がけにジャケットを着たときには、ティッシュとハンカチしか入ってなかったのに、変だなと思いました。どこかで落葉でも拾ってきたかしら、と思いましたけど、記憶は定かでありません。

――なに、このガサガサは?

と、思いながら、私はそれを無雑作につかんでポケットから手を出したとたん、「キャ!」と小さく叫んで、それを放り投げてしまいました。

それは、ハナノ……生きてるトンボだったのです!

ティッシュとハンカチで少々ふくらんでいたとはいえ、いつ、どこで、どのようにしてポケットにトンボが飛び込んできたのでしょう??「落葉」、と思われて不用意につかみ出されたあげく、放り投げられたトンボは、ヨロヨロ～ッと羽ばたきながら、歩道の片隅にポトリと落っこちました。私もびっくり仰天したけれど、トンボだってびっくり仰天したでしょうね。振り返って、思わず「ごめんね、放り投げて」と、トンボに謝りました。

トンボは、目が回って飛び立てないといった感じで、プルプルと震えていました。

　この思いがけない出来事は、私にとって、トンボが何かを伝えに来たように思われてしかたがありませんでした。幸運の御使《みつか》いだったかもしれないのに、私ときたら、びっくりして投げ飛ばしてしまい、まったく申し訳ないことをしたと思いました。

　そこで、仕事から帰るときに、朝、通ったところを再び歩きながら、私はトンボに訊ねてみました。もちろん、あのトンボはもう歩道にはいませんでしたけど。

「トンボさん、あなたは私に何を告げに来たの?」

　そして、自由連想。

天 ☰ ☵ 水

　トンボ、飛ぶ者。長いこと水の中にいて、夏から秋にかけての短い期間、空を自在に飛びまわる者。しばし思いめぐらしていたら、突如として、易経の卦《か》の一つがひらめきました。

　六番目の卦《か》、天水訟《てんすいしょう》。訴訟の卦《か》です。徳間の『易経』には、「争いは水際まで」というタイトルが付されています。

　その日、帰宅して急いで夕食を済ませた私は、早速、岩波の『易経・上』を引っぱり出して、天水訟《てんすいしょう》の卦《か》を読みました。読み終って再び卦《か》の象《かたち》をまじまじと見つめた私は、天と訴訟を起こしても勝ち目はないと思いました。そして、思わず、

「当り前よね。天と訴訟など起こす気もないわ」

と、口をついて出ました。

岩波本の「訟《しょう》」の訳の一節には、次のように記されていました。

　その是非の判断は、九五《きゅうご》のような剛健中正《ごうけんちゅうせい》の大人《たいじん》にまみえて、決してもらうのが利《よ》ろしい。

それを読んだ私は、ふと、ある人物を思い浮かべました。七月ごろ、知人から聞いていた、「よく当る」という街の易者です。

私は、老賢人のみならず、参加する人びとも含まれた亀山という「場」そのものが大人《たいじん》だと、かねてから思っていますが、九月の講座で、私の問題はすでに十分検討してもらっています。結局は、ひとえに私の決断にかかっているのです。でも、どうしても決することができずにいました。一一月末にも「易経とカウンセリング」の講座が予定されていますが、私には急を要する事態になったと思われました。私は、何年も前から退職を表明するなら、一〇月中でないといけないと思っていました。というのは、今までの例から推測すると、代りの技師を紹介してもらうのに、一〇月過ぎたら、新卒者さえ残っていないこともあり得るからです。

日常的な人員不足の中で、スタッフの仕事量を増やすわけにはいきません。風邪で熱を出しても休めない事態にでもなったら、申し訳けが立ちません。是が非とも、私の代りになる人が決まってからでないと、辞めるわけ

にはいかないのです。

もう一つのネックは、私の退職に反対している人がいるということでした。そう、姉弟同然に交流してきた、あのコンイチ君です。母や娘たちは、仕事上の愚痴をさんざん聞かされていたので、心配した様子を見せながらも、辞めるなとは言いませんでした。でも、たまにしか会わないコンイチ君は、私が愚痴をこぼすと、それを受けとめたうえで定年までいることを勧めるのでした。私が一家の大黒柱であることを知っているゆえに、とても心配してくれていたのでしょう。

「年金、まだ降りないだろう？　何年か後には六五歳からになるんだぜ。どうやって食べて行くんだい？　お姉《ねえ》の仕事はさ、看護婦さんの仕事より楽なんじゃないの？　夜勤しなくてもいいんだろう？　定年までいた方が得だと思うな、俺は……。なるようになるって、そんな……なるようになんない方が普通だよ。」

そのコンイチ君は、去年から亀山での易経講座に通い出し、「街の易者さん」には興味津々《しんしん》でした。もちろん、私も本職の占い師はどんな具合なのか一度体験してみたいと、好奇心がかきたてられていました。けれども、何を占ってもらうか、的が絞られなかったのです。なにしろ、亀山では、的を絞って占うよう、再三喚起されていましたし、頼まれた件に関しても、来談者の話を「よく聴いて」と言われていましたから。的が絞れないと、きちんと内省して下さい、あるいは、来談者の話をよく聴いて下さい、と言わんばかりに、変爻《へんこう》が三つも四つも出てしまうのですもの。的が絞れていれば、不思議にも変爻《へんこう》が一つだけだったりして、驚くほどピッタリのストレートな解答が与えられるのです。私たちは、だから、街の易者も同じだろうと思っていたのです。好奇心はうずくものの、何を占ってもらうのか、ちっとも思い浮かばず、占い師を訪ねることもできずにいました。

けれども、私のほうは、トンボ飛び込み事件によって、いっそう切迫した事態になりました。天を相手に訴訟を起こす気などなくても、実際に一歩踏み出さなければ、天に背《そむ》くことと同じなのではないか。その思いに、私は畏怖の念を禁じ得ないどころか、今にも天罰が下るのではないかと恐しさがつのるのをどうすることもできませんでした。そして、今、この状況においては、「大人《たいじん》」とは「よく当る街の易者」に思われたのです。もやは一刻の猶予も許されないのでは……と思っていた矢先、およそ一ケ月ぶりでコンイチ君とまとまった話ができる機会が訪れたのでした。

ぺんぺん草御用達の喫茶店、カフェ・ド・ギャルソンで、コンイチ君と私は、一時間ばかりお互いの近況を報告しあいました。このお店に来る人は、ほとんど注文しないだろうと思われるアメリカン・コーヒーを飲みながら。お互いの家族のことを話し、仕事の愚痴も聴いてもらい、トンボ飛び込み事件でふと浮かんだ易の卦《か》のことも、なに気なくポロッと出て、私は苦笑いしながら付け加えました。

「天を相手に訴訟したって、勝ち目ないわよね。」

彼もニヤリと口を歪め、腕組みしたまま黙っていましたが、いきなり両手をテーブルに置いて、

「そうだ！　ほら、前に聞いていた易者のところに行って、仕事辞めてもちゃんと暮らしていけるかどうか、占ってもらうというのはどうだい？　俺も一度は行ってみたいってずっと思ってたんだ。」

と、言いました。これは妙案だ、と私も思いました。

それにしても不思議です。私は彼に、思い浮かんだ卦《か》の話はしたけれど、その後のあの恐ろしさは全然話さなかったのです。それなのに、私以上に的を絞った問いを思いつくとは、驚きました。とにかく、こうなったら「善は急げ！」です。私は、早速、電話で予約し、土曜の午後、コンイチ君と一緒に、朝市にあるというビルを目指して出かけて行きました。

朝市は、午後になっても大勢の人が狭い路地を行き交っていました。人の波をかきわけるようにして歩きながら、私は、なるほど、占い師の館は雑踏の中がいいのだな、と思いました。みんな野菜や魚を物色しているので、知り合いとすれ違ってもわからないかもしれないし、わかったとしても、買い物に来ているとしか思われないことでしょう。

朝市の西端にさしかかりそうなところで、ようやく目的の看板を見つけました。古いビルの一階は全部市場になっていて、上に行くための入り口を見つけ出すのに、ひと苦労しました。天井の低い、狭い階段を四階まで昇って行くと、踊り場に直径三〇センチほどの香立てのようなものが置かれてありました。この近くかと、二人はきょろきょろ。ドアに貼ってある表札を一つ一つ確かめて、廊下の中ほどで、やっと占い師の館を見つけました。

ドアをノックして、

「予約していたミチバタです。」

と、声をかけると、

「どうぞ」

と、いう張りのある声が返ってきました。私は、生まれて初めて占い師の館の扉を開けました。

目の前に、お世辞にもセンスがいいとは言えそうにない、青を基調にしたピンクや黄色の花模様のカーテンが下がっていて、私は、ちょっと拍子抜けしてしまいました。同時に、模様などまったく気にかけない、ありあわせのものをぶら下げたようなこの雰囲気が、妙に気に入ってしまいました。中は、八畳ぐらいの座敷で、左手に大きな座卓があり、その向こうに占い師が坐っておりました。紺の縞模様の和服を着た占い師の髪は、まっ黒でふさふさしていました。六〇代後半かと想像していたよりずっと若くて、ちょっとびっくりしました。ミステリアスな雰囲気をかもし出すような品は一切なく、いささか殺風景な感じでしたが、南側のすりガラスの窓から昼下りの陽光が射し込んでいて、なにやらほっとするような感じを与えていました。

「そこに座布団が重なってるから、セルフサービスでここに持ってきてお坐わんなさい。」

太い三角眉の占い師はそう言って、入り口の正面にきちんと重ねられた座布団を指し示しました。

「はい。」

私は、座布団を持って占い師の前に進みました。コンイチ君が座布団を持ったまま、

「うしろに下がっています。」

と、言ったら、占い師は、

「ああ、そんなところにいられちゃ、かえって気が散る。ここに並んで。」

と、眼光鋭く彼を見据えて言いました。こうして私たち二人は、占い師の前に並ばされ、ちょっと緊張した一瞬でした。

私は、胸をドキドキさせながら、占ってもらいたいことを話し出しました。

「あのぉ……実は、仕事のことで……」

と、言いかけているうちに、占い師は、いきなりサラサラと筮竹《ぜいちく》を鳴らし出しました。

――あれ？　なんにも聴かないうちに始まっちゃうの？　あとで考えてみれば、「黙って坐ればピタリと当る」って、これだったんですね。

占い師は、略筮法《りゃくぜいほう》で三回占いました。あとでわかったことですが、この方法は次の三つのプロセスを踏んでいるように思われました。

一回目は、来訪者がどんな問題を抱えているのかを占って、それを告げること。二回目は、その問題の現状を占って、出た卦《か》を見ながら告げること。三回目は、前二回の卦《か》を踏まえながら、その未来はどのようなものなのか、卦《か》に出ていることを告げることだろうと、推察しました。

略筮法《りゃくぜいほう》は、本筮法《ほんぜいほう》で占う時間より、約六分の一に短縮されます。変爻《へんこう》は必ず一ケ出る方法です。占い師を生業《なりわい》とするなら、あまり時間をかけてはいられないのでしょう。ただし、この方法は、かなりの熟練と洞察力がないと、出た卦を的確に読むのは非常に難しいということです。

一回目の占筮《せんぜい》で、占い師は言いました。

「この象《かたち》は、門を表わしている。門が二つ重なっていて、建物をも表わす。家のことか、仕事のことで迷っている。どうかね。」

「仕事のことです。」

と、私は答えました。

「どちらにしろ、あんたは頭を抑えつけられていて動けない状態だ。決断できなくて、ひどく迷っている。他人のことばかり考えて、自分で決められないでいるのだ。」

と占い師は言いました。

他人のことばかり考えているとは思えないのですが、決断できずにいることは確かです。机の上の算木《さんぎ》を注意深く見ていたのですが、出た卦《か》も52艮為山《ごんいさん》の二爻変《こうへん》（☶　☶）でした。山が二つ重なった象《かたち》ですが、占い師の言う通り門が重なっている象《かたち》にも見えます。この卦はまた、「止まる」とか「動けない」ことを意味しています。

そして之卦《しか》（未来）は、山風蠱《さんぷうこ》（☶　☴）で、もの皆、壊乱する方向へと動いていることを示していました。徳間『易経』の解説には、「泰平が続けば、内部に腐敗と混乱が生じる」と記されています。この卦《か》は、皿の上の食物に蛆虫《うじむし》がわいていることを表わしています。
病院創設から約五〇年。私も入職してから三〇年。組織も人もシステムも、ずっと安泰というわけにはいかないのでしょう。このような状況にあぐらをかいていると、足元をすくわれかねず、まさに現時点の状況そのままのように思われました。
私は、帰宅してから、占い師の占筮《せんぜい》によって告げられた卦《か》を、手持ちの『易経』を参考にしながら再度検討したのですが、変爻になっている艮《ごん》の六二《りくじ》の爻辞《こうじ》は次のようなものでした。

六二《りくじ》。その腓《こむら》に艮《と》まる。やむを得ずそれ（九三《きゅうさん》）に随《したが》う。その心快《こころよ》からず。

まさに私の現状を言い当てていました。職場というところは、どこも同じでしょうけれど、私は、やむを得ず直接の上司や指示を出す医師に従っていて、不快指数が年を追うごとに上がってきています。意見はほとんど聞きいれられません。たまりかねて口を開けると、「指示は指示だ。その通りにしてくれ」「君は黙ってて！」などと言われます。そのうえ、「なまいき」「変り者」「特殊な人」というレッテルを貼られるのです。私の脳裡を、何年か前のCT検査の時のことが横切っていきました。仰向けで検査されていた八〇歳の患者さんが、とても苦しがるので、腹部単純CTが終わったところで、指示を出した医師に連絡しました。私は、患者さんの状態を伝えたうえで、造影CTは側臥位《そくがい》で撮影してもよいでしょうかと、承諾を求めました。当の医師がすぐCT室にやって来てくれたのはよかったのですが……モニターに写し出された画像を眺めて、「大きな腫瘍だなぁ、」と言いつつ、仰向けで造影もするように私に言い渡し、患者さんを説得しにかかりました。これを受けた私は、いささかムッとしました。すでに大きな腹部内腫瘍だとわかったのに、苦しがる患者さんを半ば叱りつけるように説得し、そのままの姿勢で造影ＣＴもと言い張る理由が、わからなかったのです。医師によっては、患者さんの訴えを聞き入れて側臥位《そくがい》でよいとか、今日は単純だけでよいと言ってくれるのに……。結局、私は、一国一城の主《あるじ》である、直接指示を出す医師に従わなければならないのです。へたに他の医師の例を口にしようものなら、かえって依怙地《いこじ》になられた経験もあって、私は涙を飲んでグッとこらえる術を身に付けた分、「その心は」いっそう「快《こころよ》からず」になっていたのでした。

さて、二回目の占筮《せんぜい》で、占い師は次のように語りました。

「漬物石がデンと乗っかっている。あんたは、その下の大根か白菜だ。職場はどういうところか知らんが、ビルの中だ。職場の状況は閉塞状態。昔は風通しが良かったかもしれんが、今は非常に風通しが悪い。人もシステムも硬直化している。あんたは抑えつけれられるのがいやだろう?」

「はい。それで日に日に辞めたい気持が強まっています。」

と、私は答えました。

「辞めたいと言ったって……」

占い師は、じっと算木《さんぎ》を見つめ、

「すぐには辞めさせられないよ、これは。あんたと同じくらいに仕事ができる人が代りにいないと……」

と、真剣な面持ちで言いました。

私は、新しく導入された操置をフルに使いこなせなくて、たびたび〝弟たち〟に助けを求めていたので、仕事ができるとはとても思えませんでした。けれども、経験《キャリア》ということから言えば、必要な検査のほとんどはできるわけで、代りの人がいないと辞められないと思っていたことも事実です。

占い師は、変爻《へんこう》のところを指し示しながら、

「今、ここにいるから、ここが一〇月で、一一、一二、一、二……」

と、上に向って数えていきました。そして、

「二月ぐらいにならないと、辞めさせられないよ。」

と、断言しました。

どうでしょうか、ハナノ。私は、代りの人を考慮に入れて、退職を表明するのは一〇月と考えていたでしょう？ 大学に人の手配をお願いし、採用試験や面接をして決まるのは、多分、一、二月頃。そうしたら三月には、私は少し安心して辞められると考えていました。その心づもりと一致していたので、私は少なからず驚きました。

この時の卦は、㉖山天大畜《さんてんだいちく》の二爻変《こうへん》（☶ ☰）でした。剛健を象徴する天が上昇しようとするのを、山によって止められている象《かたち》です。変爻箇所の九二《きゅうじ》の爻辞《こうじ》は、次のようなものです。

九二《きゅうじ》。輿《くるま》、輹《とこばしり》を説《と》く。

象《しょう》に曰《いわ》く、輿《くるま》、輹《とこばしり》を説《と》くとは、中《ちゅう》にして尤《とが》なきなり。

猛進する者は捨ておいて、馬に繋《つな》いでいる輹《とこばしり》を解いて車を外《はず》し、自ら止まるということは、中庸の徳を守って尤《とが》めはない、という意味です。

「猛進する者」は、私にとって、病院の方針が急速に医療の企業化に傾き、患者サービスは「商品」という考え方になってきていることです。患者と呼ばれる人間のスピリチュアリティにも配慮するというよりは、技術こそが医療の最先端とばかりに、最新鋭の機器や操置での検査、手術が最も優れているといった幻想をふりまいているかのように見えることです。

とっても非情に聞こえるかもしれないのですけれど、どんなに高額な医療機器を使っても死ぬときは死ぬんです。新興宗教の、金ピカのお守りを首から下げている人でも、心筋梗塞《こうそく》は手術で改善されたものの、癌でお亡くなりになるということは、よくあることなのです。医療現場のスタッフは、個体としての命を救おうと、毎日、懸命に限界ギリギリのところで働いています。しかし、死は、いつか必ず誰にでも訪れるのです。恒星にさえ寿命があるのですもの。生も死も一つのものです。死を忌み嫌い、生のみを享受することはできません。死は、たましいが育ってしまい、それまでの容れ物では狭すぎて、新たな始まりへの出発だと、私は思っています。ハナノの旅装束《たびしょうぞく》は、その意味であったと、あふれる涙と共に心に焼きついています。死の瞬間、自然にまかせて、静かに、畏敬の念をもって見送るのも「医」の使命ではないかと、私は思うのです。

自力で排泄できず、自発呼吸ができなくなっても生かし続けるのは、私にはひどく酷なように見えます。年齢が若ければ若いほど助かる確率も高いのですが、お年寄りはそうはいかないのも実態です。意識混濁して、人口呼吸器をはずそうとする古稀《こき》を過ぎた患者さんの手足を、拘束帯でベッドにくくり付け、医者や看護婦に叱られ、なだめられているのを見るにつけ——もちろん、医師も看護婦も命を救おうと必死なのは十二分にわかるのですが——、私は、父や老賢人を、こんな目に合わせたくないと、何度も思いました。運よく命を取りとめる方は、古稀《こき》を過ぎると、それこそ稀《まれ》です。たいていは、しょっちゅう吸引器で痰を取り除いてもらわねばならず、そのたびに苦しそうに顔を歪めて、人工呼吸器という文明の利器の甲斐も無く、旅立っていかれます。

臓器移植が制度化される以前、技術学会における「脳死」と題する講演で、どちらの大学の先生か忘れてしまいましたけど、

「脳死は診断名ではない。自然の下《もと》では、脳死ということはあり得ない。人工呼吸器が無ければ、脳死ということも無い」

と、いうようなことをおっしゃっていました。意識不明の重体で運ばれてきた患者さんの命を救おうと、懸命になっている救急救命に携わる医師たちの多くは、新鮮な臓器を切り分けるための「脳死診断」に対して、どれほど心を切り裂かれ、診断を渋っていることかと想像します。人間は、機械のような部品の寄せ集めではない、と私は痛切に感じています。講演では、「七〇歳を過ぎた脳死の患者さんの臓器は、たとえドナー登録していようとも、臓器移植には適さない」とも語っていました。移植に適した臓器とは……推《お》して知るべしです。

「死は怖いでしょう？　病気はいやでしょう？　生かしてあげます。治してあげます。だから、おとなしく、私たち専門家の言うことを黙ってお聞きになり、言うとおりにして下さい」と、言いたげな今の医療は、私には、「科学技術オンリー」と「経済効率優先」の進歩に、「猛進・盲信するもの」としか写っていないのです。こんなふうにしか見えていなければ、医療現場で働き続けることができなくなるのも、当然なのかもしれません。

ところで、肝心の、私が仕事を辞めたあとの暮しはどうかということですが、三回目の占筮《せんぜい》で、占い師はおもむろに言いました。

「収入は、今までの二分の一か、三分の一になるかもしれないが……誰か協力者が現われる。新しい仕事を紹介

してくれる人がいるかもしれない。」

占い師は、彼専用の卦爻辞《かこうじ》が記されているらしい、拡大コピーされたファイルをめくり、算木《さんぎ》と交互に見つめながら言いました。

「……何か……飾るようなことを、教えるようになるかもしれない……」

「何か、飾る?……」

私は一瞬、フラワーデザインのことが浮かびましたが、これはまったく未経験ですし、今のところ、やってみようとも思っていないことでした。

「〝文〟という字は、」

と、占い師は、ノート大のメモ用紙に書きつけながら、

「飾るという意味もある」

と、言いました。

そうです。「文」は、「あや」とも読み、飾ることでもあります。私は、おやまあ! と思いながら、

「文章を書くのは好きですが……。でも、それを教えるようになるとは、全然思えません。」

と、言いました。

占い師は、下から四番目の、少し右にずらした算木《さんぎ》を指しながら、言いました。

「あんたは、今、ここにいる。もう少しするとここへ之《ゆ》く(すぐ上の五爻《こう》目)。これは、教えるようになるということだ。」

私は、いまひとつピンと来ませんでした。占い師は、じっと算木《さんぎ》を見つめ、おもむろに顔をあげて、私の目を

覗き込むように言いました。

「あんたは、仕事を辞めたからといって、家の中だけにはいられない人だろう?」

私は、かすかに笑みを浮べて答えました。

「はい……。まあ、そうでしょうね。」

亀山にも通うつもりでいるし、当カウンセリング研究会にも今までより足しげく通うことになるでしょう。ただし、お金があるうちですけれど。

占い師は、続けて言いました。

「飾ることが何なのかわからんが、長いこと何かやってきたろう?」

「はい。まあ……」

私は、詳しく言わずに微笑みました。カウンセリングを学習しはじめてから、今年で一二年。書くことは、中学生の時から。紙とペンさえあれば、絶海の孤島に漂着しても、獄の中でも耐えられるかもしれないと思うほどです。

占い師はまた、こうも訊ねました。

「家のローンとか、あるのか?」

「ありますが、多分、退職金で清算できると思います。」

「うむ。」

占い師は、ちょっと沈黙してから、にっと白い歯を見せて言いました。

「今の仕事がいやだいやだと、ずっと思って来たろう? オウム(真理教)は、来世があると言うが、来世があるかどうかはわからん。人生は一度っきりだと考えた方が無難だ。好きな人生を歩んだ方がいいんじゃないのかい？　このまま留《とど》まっていると、腐るだけだ。」

私は、瞼をおろして、ふっと微笑みました。一瞬、茹《ゆ》で蛙《がえる》が脳裡をかすめて行きました。再び瞼をあげ、私は、占い師の鋭くも温かい瞳をまっすぐ見つめて、

「そうですね。」

と、にっこりと目を細めました。なんだか、急に肩が軽くなったように感じられました。声にも張りがあったかもしれません。そんな私とは対称的に、コンイチ君の憮然《ぶぜん》とした顔が目に飛び込んできました。

帰り道、彼は、まっ直ぐ前を見たまま、もともと怖い顔をいっそう強張《こわば》らせて、

「どうして、ちゃんとは暮せないと言ってくれなかったんだろう？」

と、怒ったように吐き捨てました。

「自分のことのように心配してくれて、ありがとう。大丈夫よ。なんとか暮していけそうだって、卦《か》にも出てたから。」

コンイチ君は、説得するすべを失って、母親になだめられた少年のような笑顔を見せました。

こうして私は、トンボにいざなわれ、天水訟《てんすいしょう》の告げる「大人《たいじん》」にあいまみえ、この時に出た卦《か》を自分で再度検討して、新しい出発のための一歩を踏み出しました。奈落の底に転落するか、「インディ・ジョーンズ　3」のように、谷底と同じ模様の橋が架かっているのかは、来年三月以降のお楽しみということになります。

いやだいやだと思いつつ仕事をするのは、確かに貞《ただ》しくないです。占い師の言葉から、私は老賢人の厳しいひ

とことが再び耳にひびいてきました。九月の易経講座でのこと。私は、仕事の話をしながら、なに気なく、

「気がついたら、三〇年もいてしまったのよね」

と、口走ったのでした。すかさず、老賢人にピシャリと言われました。

「〝三〇年もいてしまった〟というのは、貞しくない。」

そのひとことは、胸にグサリと突き刺さり、私は肩を落としてうなだれてしまいました。しばらくすると、老賢人は、

「生活していかなくてはいけないとか、いろいろあったろうけれども……」

と、慈愛のこもったお声をかけて下さいました。それで、大量出血は免《まぬか》れたものの、このひとことは、しっかりと私の心に残り、あとでいろいろ考えたのでした。

高校で進路をきめるころ、私は、どんな仕事が自分に向いているのか、はっきりしていませんでした。哲学や心理学にも興味はありましたが、経済的理由と成績とを考えれば、県外に出ることや国立大学は無理でした。アルバイトをしてでもという、熱意も根性もありませんでした。銀行はイヤ、坐っていると眠くなるから事務職はダメ、といった消去法で、私は好きというよりも嫌いではなさそうな職種を選んだのでした。写真にも興味があったので、動き回っていそうなレントゲンの仕事は性に合っているように思われました。ただし、医に携わるとは、どういうことなのかはよく考えていなかったので、動機不純と言えば不純なのです。三〇年の仕事を振り返ってみても、私は、医療従事者として、「寝食を忘れ」、子どもたちや親を忘れて、患者さんのために尽すことはできませんでした。熱を出して寝ている子どもに、「患者さんが待ってるからね」と言い聞かせて、一人残しておくことはできませんでした。「だから女は、戦力にならない」とか、「女だけに生理休暇や育児時間があって、

俺たちと同じ基本給では不公平だ」と言われようとも、私の産んだ子どもたちを守るのは私しかいない、患者さんを守ってくれる人は病院にたくさんいるんだと、自分に言い聞かせて働き続けました。私はやっぱり、医療人というよりはサラリーマンだったのですね。これでは、老賢人のおっしゃる通り、「貞しくない」のです。マザー・テレサのようにはどうしてもできなかったのですから。それでも――病院経営者が、「医療人」を盾にして「善意」を要求するかのように、夜通し働いたスタッフに対して非番制も設けず、休憩を取ったことにして残業手当をカットしようとする動きには、無性に腹が立つのです。仕事に関する不満となると、まったく切りがなくてごめんなさいね。

それにしても……自分にとって一番気になることは、特にこれからの生き方に関わるようなことは、自分ではなかなか占えないものだということが、よーくわかりました。それでも、結局は、内と外から決断を迫られるような事が次つぎと起こってくるのですから、不思議なものです。最も気になることを、分けて占う項目の一番最後にしていたことも、今、考えてみると何か意味があったのかもしれません。別なことで占ったにもかかわらず、その最も肝心なことに触れざるを得なくなったのですから、つくづく怖いと思います。けれども、この「怖さ」に向きあっていくことも、人間のこころのはたらきを知ること、言い換えれば、自己を知ることに繋《つな》がるのかもしれません。

占い師の、三回目の占筮《せんぜい》で告げられた卦《か》は、(55)雷火豊《らいかほう》の四爻変《こうへん》（☳☲）でした。徳間『易経』には、「充足のなかの悲哀」というタイトルが付されています。「豊」というわりには、なんとなく暗いイメージの卦《か》です。変爻《へんこう》になってる九四《きゅうし》の爻辞《こうじ》は、次のようなものです。

九四《きゅうし》。その蔀《しとみ》を豊《おお》いにす。日中に斗《と》を見る。その夷主《いしゅ》に遇《あ》う。吉なり。
象《しょう》に曰《いわ》く、その蔀《しとみ》を豊《おお》いにすとは、位《くらい》当らざればなり。日中に斗《と》を見るとは、幽《くら》くして明らかならざればなり。その夷主《いしゅ》に遇《あ》う吉なりとは、行けばなり。

「蔀《しとみ》」というのは、寝殿造りの邸宅における屏風《びょうぶ》や障子の一種らしく、格子組の裏に板を張り、日光をさえぎり、雨風を防ぐ戸のことだそうです。「斗《と》」とは、北斗七星のことです。「夷主《いしゅ》」というのは、未知の国の宗主（王）のことでしょう。

真昼でも北斗七星が見えるほどだというのは、人知では知ることのできない暗闇を象徴しているのでしょう。蔀をしっかり覆い、あえてその暗闇にいるよう促《うなが》しているように読めます。

未来はいわば、広大な未知・未明の世界であり、精神と同様に暗在系（幽界）に属するものなのでしょう。私は、その暗闇を手探りで歩いて行くことを促《うなが》されていると思いました。ユングが、いみじくも「私たちは暗がりを歩くことを学ばなければなりません」と、語ったように。暗がりは……怖いです。けれどもこの爻辞を読むと、誠実に、畏敬の念をもって進みゆけば、「幸運だ」というのです。雷火豊《らいかほう》、六五《りくご》の爻辞《こうじ》には、次のように記されています。

六五。章《しょう》を来《きた》すときは、慶誉《けいよ》あり。吉なり。

文章を綴ることが好きな私の使命はなんなのか、まだわかりません。また、私の好きなことが「すべてのいのちにとって良いこと」なのかどうかもわかりません。でも……歩いてみます。手探りで一歩、一歩……。明らかならざる未知・未明、幽界の主《ぬし》が何者であるのかもわかりません。その御方にお会いしたとき、私はどう接するのかも問われていますが、とにかく「行けばなり」。出発します。

ハナノもどうか、応援してて下さいね。

私には、あなたや父が、そして私を可愛がってくれた祖母や叔父、〝おとうちゃん〟が「その夷主《いしゅ》」に紹介してくれるような気もしています。

どうぞ、よろしくお取り計らいのほどを……。

船出の準備を始めた

ハコベより。

8 ツイてないかずかず

二〇〇〇・一・二〇

こんにちは、ハナノ

この数ケ月、いかがお過ごしでしたか? あなたに、しばらく手紙を書かないうちに、「ノストラダムス」の一九九九年は幕を閉じ、二〇世紀最後の年の幕が上がって、早や大寒になりました。ハナノのお花畑では、雪の花も舞っているのでしょうか。

私は、一一月の初めに退職願いを提出して以来、なんだか慌しくて身も心も落ちつかない感じでした。

一一月中旬には、チイ先輩に誘われて、一泊二日の職員旅行に行ってきました。白河の山の中にある「ブリティッシュ・ヒルズ」というところです。丘全体が、一六、七世紀のブリテンの村そっくりなところでした。この旅行を希望したのはほとんどが女性で、私たちは、エンブレムの付いた、踝《くるぶし》までの長いマントを来て、「お城」やパブに行きました。「お城」の前の広場で、しし座の流星群のフィナーレも眺めました。私は、この「村」の古風な落ちつきと、「お城」の中にある図書室――もちろん、すべて革装幀の洋書です――と、あたたかい橙色の間接照明がいたく気に入りました。最後の職員旅行で、チイ先輩と一緒に、タイムトラベルできる所に行けて、とてもいい思い出になりました。

一二月は、忘年会が三つ。今までは、たまにしか参加しなかった、病院全体の忘年会にも出席しました。今年で最後という思いに加えて、桜の公園を写した私の写真がたまたま職員美術展に入選し、忘年会の席で彰状を渡されることになったのです。

私は、写真屋さんなのです。最も基本であるエックス線単純写真を、いかに「美しく芸術的」に撮影するかを心がけて仕事をしてきた、と自分では思っています。「美しく芸術的」なエックス線単純写真は、診断価値も高かったからです。私が入職した当時は、そのコンテストもあったくらいです。そのコンテストも、もう二〇年ぐらい前から無くなりました。コンピューターで画像処理をするCTやMRのような画像は、診断価値が飛躍的に向上したと頭ではわかっても、情緒面では、私には「写真」ではなかったのだろうな、と今にして思います。

年末年始は、コンピューターの「二〇〇〇年問題」で大騒ぎでしたが、予想された大・大混乱もなく、一見、平和に年が開け、私は母と二人で、父のお墓のある光ケ丘の東端から、日の出を見てきました。ヴィーナスのように海から生まれてきた太陽に、今年、新しい人生に一歩踏み出すことを報告してきました。

このように、私にとっても、一見、平和・平穏に、この数ケ月が過ぎたように思われるでしょうけれど、年末から年始にかけて、私は、たて続けに「ツイてない」出来事に遭遇しました。また長くなってしまいそうですが、聞いて下さいませ。

ツイてない、その1

ぺんぺん草の一二月定例会の日、平成一一年度四月からの、ベースアップ分の差額が支給されました。支給されることを記憶していなかったので、予定外の収入に私はほくほくしました。亀山での講座に一回半は行ける額です。来年のために一回分をストックして、残りは、冬物のセーターと本を買おうかと思いました。ぺんぺん草では、読書会を一時間で切り上げ、忘年会をすることになっていました。メンバーのお気に入りの生パスタ専門店「ハミング・バード」に行ったところ、いつになく大混雑で、七人分の席は取れそうにない雰囲気でした。諦めて帰りかけたとき、いつもは店にいない、弟の古い友人であるオーナーと顔を合わせ、彼は私たちのために席を工面してくれました。そこで楽しいひとときを過ごし、すっかりいい気分になって帰宅して、ぐっすり眠った翌朝、支給された差額を机の抽斗《ひきだし》に入れようとして、ギョッ!! としました。

袋と小銭はそっくりあるのに、お札が全部消えていたのです。一次会の喫茶店「ギャルソン」でコーヒー代を払ったときには、ちゃんとあったのに！ バックの中味を全部出し、本を入れてた抱えバックの中も探しましたが、無いのです。前夜、帰宅してすぐに抽斗《ひきだし》に入れたのかと、そこもひっかき回しましたが、影も形もありません。サーッと血の気が引いていきました。そりゃあ、生活費というわけではないけれど、一〇人の諭吉さんが消えるということは、相当の痛手です。あと四ケ月後には、現金収入皆無になるのですから。

仕事のあい間を見て、前夜行ったお店に電話をかけまくりましたが、無いのです。お札だけどこかに落っことしたのかしら、はたまた路上を歩いていて引き抜かれたとか？　その時もっていた、お気に入りの革のショルダーバッグは、ファスナー付きではなく、マグネットボタン一ケだけだったのです。え？　銀行振込みにしていなかたのかって？　ええ、現金をこの手で確かめないと、働いた気がしなくて、ずっと同意しなかったのです。多分、職員三五〇人ほどの中でも、振込みにしていない人は、ほんの数えるほどしかいないでしょう。お札消滅事件に出くわしても、振込みにしておけばよかったとは微塵《みじん》も思わないのだから、私も相当頑固ですよね。とはいうものの、私はガックリするやら、狐につままれた感じやらで、「なによ、これ……先き行きよくな〜い!!」、と思いました。

ツイてない、その2

元旦、午睡中の夢。

私は、周囲を植木で囲まれた駐車場に車を置いて、市役所か、あるいは区役所のようなところへ行こうとしていました。目的の建物――アイボリー色の新しいビル――は、すぐ近くにあるのですが、駐車場脇の狭い通路を通って、駐車場を半周するようにして行かなければなりません。この風景は、以前、夢の中で見ていて、よく知っているという自覚があり、なんとなくいやだな、という感じがしていました。

通路脇には、プレハブの建物があり、そこを通るとき窓から中の様子が見えました。白衣を着た放射線科の学生たちが、何か実験のようなことをしていました。私は、三〇年前のプレハブ教室を思い出しました。角を曲がって建物の裏に出ると、裏の窓も見えました。中には書類やらダンボールやらがうず高く積まれていて、窓を塞いでいました。相変わらず、ごちゃごちゃしているなあと思いました。ほんとうは、レントゲン関係のところには行きたくないのに、また来てしまったと思いました。アイボリー色の新しい建物に行こうとしているのに、行きたくないところにどんどん行ってしまいそうで、私は車に戻ろうとしました。ところが、私の車がなかなか見つからないのです。オートロック式のキーをブラブラと持ち歩きながら、「赤じゃなくて緑だよ」と意識はしているのですが、どういうわけか以前の赤いスターレットを探してしまうのです。車を探しているはずなのに、アイボリー色の建物と隣接している格納庫のようなところに行ってしまうやら、工場のようなレントゲン室に入ってしまうやら……どうしても私のペパーミントグリーンの新車のところに行けないのです。工場のようなレントゲン室は、格納庫のような建物の裏手にあることを、よーく知っているのに歩いても歩いても、暗くて、ごちゃごちゃしていて、機械が無雑作に置かれている、お世辞にもきれいとは言えない、レントゲン室に行ってしまうのです。

目が覚めて、なんだかイヤな夢だなと思いました。だって、行きたいとは思っていない方向に、どうしても足が向くようなものですもの。めでたいはずの初夢は、不吉な予感で覆われているような気さえしました。

前の赤い車には、一五年乗っていたし、仕事は三〇年続けて来たし、古巣に戻りたがっているのだろうかと、正直言ってゲンナリしました。一一月初旬に、ハタから見ればキッパリと退職願いを提出したように見えるでしょうけれど、これも正直なところ、このごろふっと、「ちょっと、早まったかしら」と思ったりするときがあるのです。

そんな私の心理状態を反映したかのような夢で、全然快《こころよ》くありませんでした。つらつら思うに、これから歩む道はまったくの未知の世界です。もちろん、常に一分先のことさえわからないのですから同じことなのでしょうけれど、住み慣れた所にいれば、だいたいの予測はついて、安泰のような気になってしまうのでしょう。その住み慣れた所、使い慣れた旧式の車の方に戻りたがっているらしい私自身を、モロに見せつけられたような感じがして、気分はすこぶるよくありませんでした。「やれ、やれ」と、溜息さえもれてしまいました。また、意識が最後の抵抗を試みていて、天地と一体の無意識は、まだ道を指し示すほどには至っていないとも読み取れました。オートマチックの車にも慣れていませんし、前途多難だなあと思いつつ、「でも、賽《さい》は投げられたのよ」と、ハコベの一人がささやく声も聞こえて来ました。

ツイてない、その3

年末休暇に入る三、四日前、世界放浪の旅から無事に帰国したもうひとりの親友・ムクゲさんと、一月三日の正午に会う約束をしました。カレンダーにもしっかり書いていたし、家族にもその日出かけることを伝えていたにもかかわらず、私は、それをすっかり忘れていたのです。

時間の感覚が、どうも妙だったのです。曜日や日《ひ》にちがズレがちで、家族に笑われながらたびたび修正されていました。なんだか、体内時計が狂っているような感じでした。ムクゲさんが、三日の朝、待ち合せ場所を変更する電話をくれなかったら、私は危うくすっぽかすところでした。

——そうだ！　今日は三日だったんだ！

と、いそいそと出かけ、彼女と一緒にお昼を食べて、帰りにコピーをしようと持って行った「夢の話」の原稿を、彼女に読んでもらいました。実は、その瞬間まで、私は彼女に読んでもらうことはまるで頭に無かったのです。どこで、どういうふうになったのやら、ふと、目を通してもらおうという思いが湧いたのです。持って行った原稿は、後半の方で、前半はすでにコピーを終えていて、後半のコピーを済ませたら、神田の自費出版会社に送ろうと思っていました。

原稿に目を通している彼女の表情は、実につまらなそうでした。五、六枚読んだ彼女は、

「全然、面白くないわ。私にくれた手紙の方がよっぽど面白いわよ。いくら夢の記録だからって、もう少し……ほら、なんて言うんだっけ?……あ、そうそう、脚色してもいいんじゃない?」

と、あきれたような顔で言いました。

「どうせお金かけてやるんだったら、もっと面白く書きなさいよ。」

本を五、六冊出している彼女に、こうもハッキリ言われては、さすがの私も、

「なるほど……うん、もう少し検討してみる……」

と言うしかありませんでした。いささか滅入りながら帰宅すると、母から、

「一二時二〇分ごろ、スギナさんから電話があったわよ。」

と告げられました。

——スギナが?　なんの用で?

と、思った瞬間、はっとしました。消えてしまった夢のような彼方から記憶が甦り始めました。ムクゲさんが発行している『木槿《むくげ》通信』のファンである、スギナとも一緒に会うことにしていたのを思い出したのです。ムクゲさんと会う約束をしたあと、「スギナも行ける?」と聞いたのは、この私だったのです。ムクゲさんには、スギナと一緒に行くことを伝えようと思いつつ、これもいつの間にか記憶から消えていたらしいことにも気づきました。私は善応寺《ぜんのうじ》の鐘をかぶせられて、外から強烈な一撃を加えられたような大衝激を受けてしまいました。

スギナは、ハナノが旅立ったあとに親しくなった友人です。ハナノのように、私の話をよく聴いてくれます。それなのにこの二人の大切な友人との約束をすっかり忘れてしまうとは! いくら歳のせいで、天然呆けに輪をかけたようになりつつあるとはいえ、これは、あまりにもひどすぎます。奈落の底に、ドーンと突き落とされたようなショックでした。

私は、慌ててスギナに電話を入れ、ひらすら謝りました。もう、これで縁が切れても自業自得だという悲愴感で、心は泣いていました。けれども、スギナは、

「何か、二人だけで話さなければならないようなことが、もちあがったのかもしれないと思ったから、腹は立たなかったわよ」

と、逆に慰めてくれました。まったく、私は、スギナの寛大さに救われました。

ユングの『易と現代』の中で、

「フロイトは、言いまちがいとか、読み誤りとか、失念といった現象が決して偶然に起こるわけではないということをすでに解明している」

と述べていましたが、私の最奥では何が起こっていたのでしょう? スギナは許してくれましたけれど、私は、

すっかり自己嫌悪に陥り、しばらく立ち直れそうにもありませんでした。

——いったい、これは、どういうことかしら?

なんとなく、暗在系、あるいは無意識との接触不良というか……「自己の本質」と、うまく関われていないような気がしました。

「危ないよ、これ……。ハコベ、こんな状態、絶対ヤバイよ。」

と、妙な声さえ聞こえてきて、私は今、とても危険な状態にいるような感じがしました。

けれども、この危険な状態にしっかり取り組む間もなく、私は予定通りに八日からのフォーカシング・ワークショップへとなだれ込んで行きました。このワークが終了した二日後、今度は、ツイてないことの極めつけ、と言わんばかりの体験をしました。

ツイてない、その4

私は、わが家の二階、フローリングの部屋で、明るい陽光を浴びながら、アンズとスギナと三人で歓談していました。レースのカーテンは開け放たれていて、のどかでゆったりした雰囲気でした。

そこへ、五、六人の男たちが、庭の南斜面を、まるで公道でもあるかのようにこちらに向かって降りてきました。私とスギナは妙な不安を感じ、アンズを誘って庭と反対側の玄関から外にでました。

三人で盛んに話しながら街を歩き、居酒屋のような所に入って、お酒と料理を注文しました。木製のカウンターに、木製のテーブルと椅子。暖かい色の、落ちついた間接照明。静かで、なかなかいい雰囲気のお店でした。

ほんの数分経つと、しだいにお客が増えてきて、十数人ほど男性ばかりの団体客も、どやどやと入ってきました。お店の中は急に騒がしくなり、全然落ちつかない感じになりました。なんとなく、妙な胸さわぎを覚え、私たち三人は、注文した料理も出ないうちに、そそくさとお店を出ました。

私たちは、急ぐわけでもなく、相変わらずおしゃべりしながら、ゆるやかな坂を登って行きました。左側は、道路のために切り崩された山の一角で、残った樹々がポツポツと並んでいました。右側は、なだらかな斜面の草原になっていました。坂の頂上付近にさしかかったとき、私は、ふと右側にいたアンズの方を見ると、彼女の姿がありません。

「あれ、アンズは?」

振り返ると、坂の下、はるか草原の彼方《かなた》に、こちらに歩いて来るアンズの姿が、小さく見えました。いつの間にこんなに離れてしまったのだろう、と訝《いぶか》しく思いながら見ていると、アンズのうしろから、二〇人ばかりの男たちもやって来るのが見えました。

――なんだろう、あの男たちは?

私はじっと目をこらしました。アンズはその男たちから逃れようと、懸命に走っているように見えました。

突然、銃声が轟《とどろ》いて、アンズの肩と大腿部の衣服が破れ、血が飛び散ると同時に、彼女はバッタリと倒れました。

――うそォ! 私たち、やっぱり追われていたの?

と、悟ったものの、あまりにも遠く離れてしまっていて、助けに行こうにも全然間に合いそうもありません。

「キャーッ、アンズが!」

と、叫んでいるうちに、またしても銃声が轟《とどろ》いて、彼女の衣服と血が飛び散りました。距離はとってても遠いはずなのに、苦痛に歪んだアンズの顔や、飛び散った衣服の断片や、血の色がはっきり間近に見えます。彼女は傷つきながらも、こちらに来ようと必死で起きあがろうとしています。

そこへまた、数発の銃声が轟《とどろ》き、彼女はのけぞりました。アンズの倒れた場所から少し離れた所で、二人の女性が衣服をボロボロに剥ぎ取られて、数人の男たちに強姦されそうになっているのが、目に飛び込んできました。

「ああーっ！」

私は絶叫しました。

このままでは、アンズもあの女性たちのようになってしまう。走って行っても間に合わない！　助けたくてもどうすることもできずに、私は、狂ったように泣き叫びました。

四度、彼女に銃弾が当ったのか、血しぶきとともに彼女の衣服が飛び散り、胸があらわになったまま天を仰いでひっくり返りました。

「あああーっ、死んでしまう！」

あまりの光景に、私は絶望の声を張り上げ、号泣《ごうきゅう》しました。

私は、その自分の声で目を覚ましました。

両腕は胸のあたりで硬く組まれ、両膝を胸に届くほど折り曲げて、私は左下になって縮こまっていました。私は、そうやって声を張り上げて泣きじゃくっていました。アンズまで死んでしまったら、どうしよう……ハナノの面影が浮ぶ中、涙があふれて止まりませんでした。夢だとわかっても、あまりのショックに茫然自失、しばらく起きあがることさえできませんでした。

怖かったわ、ハナノ。すごーく怖かった……そして、悲しすぎました。思わず、

——なんでこんな夢を！

と、叫びました。映画の見過ぎもここまでくると、あまりにもリアル過ぎます。

時計の針は、夜明けにはまだ間がある三時五〇分を指していました。ようやく気持が落ちついた私は、またしても三度、枕を叩き「夢違《ゆめたが》い観音《かんのん》」に祈りました。

この日の夜、アンズのことが気になってしかたがない私は、めったにしない電話をかけ、アンズにこの話をしました。アンズは、笑いながら、

「ギックリ腰になっちゃってね、二、三日動けなかったことは確かよ。」

と、言いました。今はもう大部良くなったということと、アンズの声を聞けたことで、私はようやく少しほっとしました。

それにしても、この恐ろしい夢には、いったいどんな意味があるというのでしょう？

ここに至って、私は、年末からのツイてない出来事の連続に、何かよからぬことが起こりそうな不安を覚え、占うことにしました。

「このような時、どんな態度でいればよいのでしょうか？」という問いに、示された卦《か》は、⑫天地否《てんちひ》の四爻変《こうへん》でした。

本卦

⑫

天地否

之卦

⑳

風地観

これを見た瞬間、私はギクッとしました。それというのも、本卦《ほんか》の天地否《てんちひ》は天（☰）の気が上へ上へと上昇し、地（☷）の気が下へ下へと下降して、天地の気が交わらず、「何もかも行きちがい、背《そむ》きあい、しっくりいかない」ことを表しているからです。ツイてないのは当り前だと思いました。

普通、天が上で地が下にある、と思われていますけど、易では、いつもすべてではありませんが、女性性、上位に重きが置かれています。ですから、これが逆であれば、「大いに安泰」の⑪地天泰《ちてんたい》（☷ ☰）になるのです。つまり、陰陽相交わり、万物を生じ、物事がとどこおりなく流れ通じあうという、まことにめでたい（目出泰《めでたい》?）

卦《か》というわけです。

けれども、私への回答は、「なにもかも行きちがい、背《そむ》きあう」卦《か》が示されたのでした。

私は、この時期、少々焦っていました。早いとこ原稿を書きあげて、出版にこぎつけたいと。それでいて、退職願い提出は、ちょっと早まったかと自身の決断が揺ぎ、気持がピクラピクラしていました。まさに小人《しょうじん》です。

本卦《ほんか》のかたちをよく見ていただけないでしょうか。下卦《かか》は全部、陰（☷）。脆弱《ぜいじゃく》な土台の上に、上卦《じょうか》の剛陽群（☰）が、鉄筋コンクリートの建造物のように乗っかっています。まさに砂上の楼閣です。このような精神状態では、不吉な、と思われるような出来事にも遭遇するわけだと思いました。夢も、眠っている間とはいえ、一種の経験だとすれば、目覚めているときにだけ出来事に遭遇するわけではないのかもしれません。先日、カスミが興奮した様子で、

「母親！　私たちは出来事なのよ。生きてるって、出来事なの！」

と、電話で話していましたが、そういう意味で言えば、生きている私たちが出来事を生み出すと言っても過言ではなさそうです。

邪《よこしま》な精神状態だと邪《よこしま》な出来事が生み出される……？　ああ、いや!!　私、邪《よこしま》だったのです。このツイてないと思っていた時期は。ちなみに、「私」という文字は、稲をひとりじめにするという語源らしく、邪《よこしま》という意味でもあるそうです。そういえば、「私《わたくし》する」という耳慣れない言葉もありますね。

ところで、天地否《てんちひ》の卦辞《かじ》に付された「象《しょう》に曰《いわ》く」の最後には、次のように記されていました。

禄《ろく》をもって栄《えい》するべからず。

俸給をもって栄えることはできない、という意味です。私は、四月から俸給が無くなります。三一年間、この俸給で暮し、離婚しても、一家三人なんとか生活できました。その俸給が、あと二、三ケ月すると皆無になるわけで、それを思うとビクビクした心理状態にもなるわけです。まして、代りの仕事の青写真も無いときては！象伝《しょうでん》のこのひとことは、そんな私をドキンとさせるに十分でした。

俸給をもらっている限りは、意にそぐわないことでも、医の心はどこへ行ったと思っても、責任を取りたがらない上司の指示であっても、いわゆる「仕事」はしなければなりません。車を買って、家を増改築して、コンサートや旅行に出かけ、一見、優雅そうな暮しはしているけれど、ローンで手桎《てかせ》、足枷《あしかせ》、奴隷と同じだと何度思ったことか。それが我慢の限界に達してしまって辞めることにしたのに、私はまだ俸給に未練があったのですね。「早まったかしら？」などという、「邪《よこしま》な気持でいては、栄えることなどできないんですよ」と言わんばかりに、お札を消されてしまったのでしょう。

さて、変爻《へんこう》のところが、ストレートな回答だとすれば、下から四番目の爻辞《こうじ》も検討しなければなりません。

九四《きゅうし》。命《めい》あれば咎《とが》めなし。疇《とも》、祉《さいわい》に離《つ》かん。

「祉《さいわい》に離《つ》かん」だけで喜んではいられません。「命《めい》あれば」という条件があります。その「命《めい》」とは何か、私にはわかっていません。これは、天命とか使命と読んでいいでしょう。「五十にして天命を知る」（孔子）とは言いますが、それを知らなければ、「命《めい》」は無いのも同じことだと思いました。

「疇」という文字は、田の畝《うね》のくねくねと曲がっている意だそうです。そこから、「たぐい」「ともがら」という意味になり、「家業を代々伝えること。家業を世襲《せしゅう》する人」の意味にもなり、古代は「天文学者」を意味したこともあるそうです（『漢和中辞典』角川書店。昭三六年）。とすると、今、現に生きている人たちだけが、「ともがら」なのではないと、読めました。

「祉」という文字は、「福祉」の「祉」ですが、古来は「神の賜与」という意味だったそうです。ということは、単なる「幸い」だけでなく、坤《こん》の文言伝《ぶんげんでん》にある「積善《せきぜん》の家には必ず余慶《よけい》あり」の、おこぼれの慶びと同じ意味であるように思われました。つまり、天地自然に則した生き方をしていなければ、祉《さいわい》も無いということだろうと思われたのです。

「離」という文字を「つく」と読むのは、私も初め、妙だと思っていました。けれども、易経に親しむにつれ、なるほどと思いました。易の八卦《はっか》に、「離」（☲）という卦があり、火を象徴しています。火は、木や枯草に着いて燃え広がります。物事は着かなければ、離れるということもありません。「着く」と「離れる」とは、現象界（明在系）では正反対のように見えますが、本質は「相即不離《そうそくふり》」の一つのことなのでしょう。そして、天の賜与（祉）もまた、飛行機が離着陸しないと用を為《な》さないように、「着」いたり「離」れたりするのでしょう……はっ！えーっ！「ツイてる」「ツイてない」は、ここから来ているのかしら？　なに、これ？　びっくりしたわ。「命《めい》」とは何か？　そしてまた、これは、どうも「仲間の人びと」とも関係があるように思われました。

もう一つ、読んでいて思わず釘付けになったところがありました。それは、すぐ上の九五《きゅうご》の爻辞《こうじ》でした。

九五《きゅうご》。否《ひ》を休《や》む。大人《たいじん》は吉なり。それ亡びなん、それ亡びなんとて苞桑《ほうそう》に繫《かか》る。

「否塞《ひそく》を休《や》め、賢者は幸運である。亡びるやもしれぬ、滅するやもしれぬと桑の根元に繫《つな》ぎ止めるような気持で、自戒を怠らない」という意味です。私の心が妙に騒いだのは、「それ亡びなん、それ亡びなんとて」でした。私は、現在のような経済システム、科学技術文明への狂信、神のごとく全知全能と思い込んでいる人間のありようは、近い将来、それこそ人類存亡の危機に関わる事態を招くだろうといった、何か切迫した感じを常に受けていました。何を、どうしたらいいのかわからないものの、このまま、こうした風潮に呑みこまれ、押し流されていては、私に受け継がれた多くのいのちや、これから受け継ぐ多くのいのちに、弁解できないと思いました。私ひとりが何かしても、あるいは為《な》さなくても、世の中変わりはしないとは言っていられないほど落ちつきませんでした。もはや、私には科学技術文明の「恩恵」を、手離しでは、享受できそうにありませんでした。この大きな不安は、私の退職の一因にもなっていたような気がしています。とにかく、健康なうちに電気やガスやお金が無くとも、生きていけるような基礎を作っておかなくてはいけないという、切迫した思いにかられていたことも否定できません。この爻辞《こうじ》の一節は、そんな私の心理を反映しているように思われたのでした。徳間『易経』の天《てん》地否《ちひ》の解説もまた、こうした世界情勢や個人的な私の心理とは無縁ではないと感じ、妙にサラサラした感じを拭い去れませんでした。天地否《てんちひ》の解説は、次のようなものです。

「民意は政治に反映しない。貧富の格差は広がる。卦《か》の形も、脆弱《ぜいじゃく》な基盤の上に剛強が乗っており、いつ崩れるとも知れぬ砂上の楼閣を表わす。いまあなたは危機に直面している。一刻も猶予《ゆうよ》はならない。閉塞を打開するために、真剣に現実にたちむかわねばならない。各爻《こう》の辞《じ》は、そのためのヒントを提示する。」

まったく、今の世界情勢を彷彿《ほうふつ》とさせる内容です。

ところで、変爻《へんこう》箇所の九四《きゅうし》は陽が極まっていることを示していますから、陰にその場をゆずるとすると、之《し》卦《か》の風地観《ふうちかん》になります。徳間『易経』には、「ものの見方について」というタイトルが付され、卦《か》の解説には次のように記されています。

「観《かん》とは、よくよく見つめる、奥底まで見抜くことである。（中略）君子道が衰え、利欲がせめぎあって、まさに秩序崩壊のときである。こういう時こそ、静思《せいし》して現象の奥底まで見抜かれなければならない。（中略）行動より静思《せいし》の段階であるから、指導的な地位にある人、教育者、学者、研究者にとってはよい卦《か》である。」

天地否《てんちひ》の解説と、妙に関連があることに、少なからず驚きました。

私自身のことで言えば、この三〇年間の秩序が、まさに崩壊しようとしています。けれども、こういうときこそ、静止、静思して、物事の本質を見抜かなければならないと、この卦《か》は喚起しています。「ビクビク、ガタガタしないで、しっかり本質を見抜きなさい」と、告げているのでしょう。「ツイてない」と思われた数々の現象の本質は何か、ということなのでしょうけれど……鈍い私には、これまたたいへんな努力と注意力とを要しそうです。そのうえ、指導的な地位にもいないし、教育者、学者、研究者でもないので、よい卦《か》を言われても私には無縁な感じがします。「ものごとの本質を見抜く力」と言えば、「洞察力」なのでしょうけれど……。きのうのぺんぺん草では、アンズに

「ハコベは、洞察力無いよ！」

と、はっきり言われてしまうし、五〇歳過ぎてから磨いても力がつくものなのかと、正直言ってめげそうです。

「ツイてない、その3」の話もしたら、アヤメには
「それってさ、単に呆けたってことじゃないの?」
と、さも、なんでもないことのように言われてしまいました。思わずみんなと一緒に笑ってしまいましたよ。みんなして言いたいことを言ってくれて……私を華厳《けごん》の滝に突き落すつもりかしら? でも、最高の友だちですよね、ハナノ。

――――※――――※――――※――――

三日も尻切れトンボでいて、ごめんなさい。残業だったり、大寒にふさわしく吹雪だったりして、手紙もストップ……? こんな言い訳は、向田邦子の「頭、かゆいから書けない」と同じかしら? 相も変わらず細切れ時間に書いているから、まとまりがなくなるのですよね。それはまあ、それとして、実は、とってもびっくりしたことがあって、付け加えたくなったのです。

昨日、休みの日、もう一つ気になることを占いました。それというのもムクゲさんに原稿を読んでもらって以来、出版の件は振り出しに戻ってしまい、私はお手上げ状態になってしまったからです。それで、「出版にあたって、どのような心構えで取り組めばよいのか」という内容で占うことにしたのです。占うにあたって、私は少したらいました。なにしろ、問いの内容が異なるとはいえ、三、四日前に占っていましたから。筮竹《ぜいちく》を取ることは天意を問うことなのであって、だからこそ、むやみに占ったり、同じことで何度も占ってはいけないのです。

けれども、この問いは、私にとって死活問題に思われました。仕事を辞めることにしたのは、もはや現代医療

の世界にいられなくなったということもありますが、あとの半分は長年の夢に少しでも近づきたいと思ったからでした。筆が止まったままでは、もう半分の意味が失われてしまいます。私にはもう、この道しか残されていないといった、非常に切羽詰まった感じにさえなりました。とにかく、方向性だけでも見つけたかったのです。

私は、香を焚き、ロウソクに火を灯し、その間に太極《たいきょく》（占筮《せんぜい》が終了するまで絶対触れてはならない一本）を立てる壷を置き、藍染めの敷物を机の上に広げて、黙祷《もくとう》してから占い始めました。

示された卦を見たとたん、私は、

「なに、これ?」

と、びっくり仰天してしまいました。ハナノになにげなく、「これが逆であれば、」と書いた、地天泰《ちてんたい》の変爻《へんこう》無しだったからです。

本卦

⑪　地天泰《ちてんたい》

すぐ次に来るのは、12番目の天地否《てんちひ》です。目出泰《めでたい》などとふざけている場合ではないと思いました。問いの内容は異なっていますが、これはもう、異なるどころか密接な関連があると思いました。私は、冷たい水を、頭からいきなりザバッとかけれたような感覚に陥りました。「ツイてない」数々の出来事は、ビクビクしていた心理状態に加え、そもそも書くにあたっての私の姿勢そのものが問われていたのだと、このとき初めて気づかされたのです。というのも、天地否《てんちひ》の初爻《しょこう》も地天泰《ちてんたい》の初爻も、陰陽対極にもかかわらず、その爻辞《こうじ》がほとんど同じだったのですから。

天地否《てんちひ》
初六《しょりく》。茅《ちがや》を抜くに茹《じょ》たり。その彙《たぐい》と以《とも》にす。貞なれば吉にして享《とお》る。

地天泰《ちてんたい》
初九《しょきゅう》。茅《ちがや》を抜くに茹《じょ》たり。その彙《たぐい》と以《とも》にす。征《い》くも吉なり。

「茅《ちがや》」とは、根本が連なっている植物のことで、一本引き抜くとあたりの茅《ちがや》もごっそり連なって抜けてくるのだそうです。そこから、仲間、同類（彙《たぐい》）、同志と行動を共にすることを象徴しているのだそうです。つまり、両方の爻辞《こうじ》とも「仲間と行動を共にすれば、幸運だ」と告げているのです。

私は、この二つの爻辞をまのあたりにするまで、ぺんぺん草のメンバーのことも、カウンセリングの学習仲間のことも、三〇年間共に働いてきた仲間のことも、いろいろなところで知り合った友人たちのことも、まるで眼中にありませんでした。その証拠に、その中の誰ひとりにも、私の原稿を読んでもらおうとは思っていなかったのですから。私は、長い棒で、ガーン！と一撃、殴られたような気がしました。「ツイてない」と思った諸々《もろもろ》の事象は、単身心独走しようとしていた私に、注意を喚起すべく、起こるべくして起こったと思われてなりませんでした。そう思うと、約束を忘れていた件は、非常に意味深いこととして浮かび上がってきました。

もし、あのとき、「約束通り」にスギナとムクゲさんと三人で会っていたなら、私たちは、ムクゲさんの旅の話に明け暮れて、ムクゲさんに原稿を読んでもらうことなど、まったく思いつかなかったでしょう。また、そんな余裕などなかったことでしょう。そして、私は……「ぜんぜん面白くない」本を、自費で出版していたことでしょう。誰に、何を伝えたいのか、はっきりさせないままに。天地否《てんちひ》、九四《きゅうし》の「疇」という文字に接しても、このことに気づかなかったとは、なんというニブチンでしょうか！「洞察力が無い」と言ったアンズの声が、再び耳にはっきりと聞こえてきました。確かに洞察力が無いと認めざるを得ません。でも、そこに居坐るわけにはいかない事態になってきました。これからそれを身につけられるかどうか、まるでわかりませんけど、五〇歳過ぎたら絶対に身につけられないと、決まっているわけでもないと思いました。どう取り組めばよいのか、そして、この三つの卦《か》の意味は、もっと多くのことを語っているように思われました。そこで私は、かねてから予定していた、来週の易経の講座にこの卦《か》を携えて参加することにしました。

あの「場」は、ぺんぺん草と同様に、言いたいことをストレートに言ってくれます。私は、ドキッ、ギクッ、グサッと来ること、たびたびです。でも、こういうことがまったく無かったら、「生きてる」っていったいなんなのでしょう？「成長」って、いったいなんなのでしょう？何が起きるか、何が飛び出すかハラハラものですが、どういうわけか同時にワクワクするから不思議です。私は、少しマゾっ気があるのかしら？

帰って来たら、また手紙を書きますから、楽しみにしてて下さいね。滝壺に沈んだっきり浮かび上がれなかったら、直接、口頭にて御報告いたします。
だからハナノ、あまり遠くへは行かないで少し休憩してて下さいませ。
では、またね。

心をこめて、

まだまだ振り子の

ハコベより。

二〇〇〇年一月二四日

書き終り。

9 よく観《み》ること

二〇〇〇・二・三

DEAR、ハナノ、十分休憩できましたか？

前回、手紙を書いてから約一〇日。明日からはもう暦の上では春です。今年も異常気象なのかしら？ この二、三日はとても暖かい日が続いていますが、亀山に行く直前の寒かったこと！ この冬一番の寒さで、一月二七日の朝の気温は、氷点下六度でした。その寒いさなか、一月二八日、私は、温湿布を腰に貼り、マックスベルトを巻いて、ホカロン持参で亀山へと出かけて行きました。

それというのも、ハナノ、亀山へ出かける前の日――氷点下六度の朝――、まるで、「ツイてない」フィナーレであるかのように、私もギックリ腰になってしまったのです。約一ケ月遅れとは言え、私もアンズと同じになるとは！ 仲が良すぎると思いませんか？ このギックリ腰にまつわることで、私のドジによる笑い話をまた一つ増やしてしまいました。これを書くと、とても長くなってしまうので、別の機会にお話しますね。

早速ですが、前回お話した三つの卦《か》について、亀山ではどのように検討されたかを、御報告したいと思います。華厳《けごん》の滝に突き落とされましたが、老賢人や易経仲間が滝壺周辺で待機してくれたおかげで沈まずに済みました。

そのうえ、翡翠《ひすい》の小さな原石を拾ってきましたよ。講座では、まっ先に私の卦《か》を検討してもらいました。

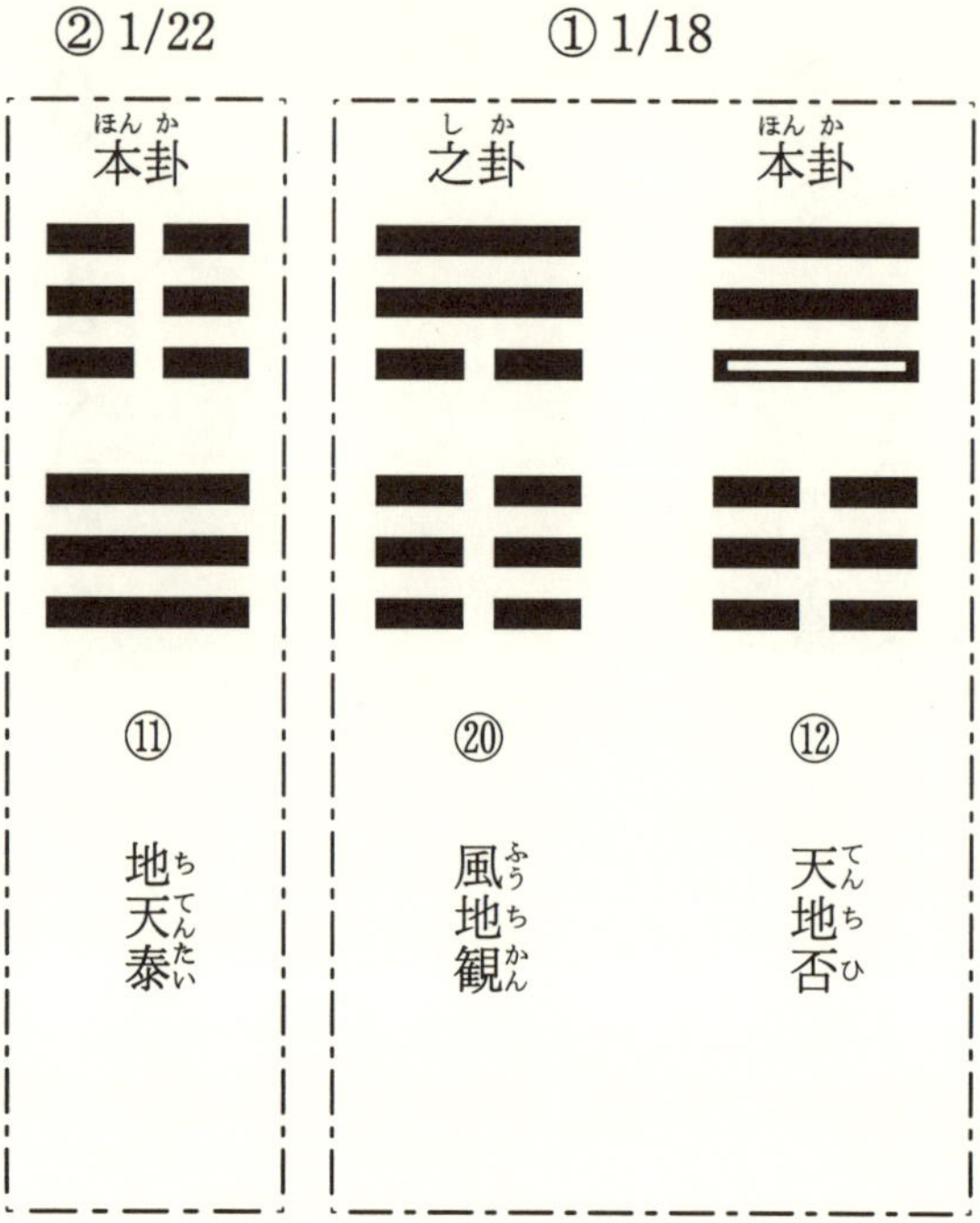

以上のように、黒板に三つの卦を書き、①と②、それぞれ何を占ったかを話しました。前回の手紙を参考にして下さいね。

①の本卦《ほんか》と②が、一八〇度回転した綜卦《そうか》であったことに驚いて、これはいったいどう読んだらいいのかと話していると、ヒバリさんが言いました。

「①の之卦《しか》は検討したの？」

「一応、ひととおり読んだけど、よく検討しなかったわ。」

と、私は正直に答えました。

「もうすでに之卦《しか》の方に来ちゃってるかもしれないのに、それを検討しないで②の方に行っちゃうのはどういうこと？」

ヒバリさんは、真剣な面持ちで私をひたと見つめました。始まって間もないのに、私は早速、ドキッとしました。まったく、ヒバリさんの言う通りです。どうも私は相当あせっていたようだと思いました。「どのように取り組めばよいのか？」と、疑問を発していたにもかかわらず、また、前回の手紙に各卦《か》の各爻辞《こうじ》は取り組む際のヒントを提示していると、本から引用していたにもかかわらず、私は①に示された二つの卦《か》の爻辞《こうじ》は文字に目を通しただけで、よく読まずに流してしまっていたことを気づかされました。

そこでまず①をよく検討しようということになり、天地否《てんちひ》と風地観《ふうちかん》を徳間『易経』で読み合わせることにしました。

声を出して再び読んでいるうちに、私は、風地観《ふうちかん》の各爻辞《こうじ》が物事の本質を見抜くために、どんな観方《みかた》をしたらよいのか、重要なヒントを与えていることに気づかされました。ほんとうに、ヒバリさんに指摘されるまでもなく、私はこの卦《か》の卦爻辞《かこうじ》をしっかり検討すべきだったのです。解説を読んだとき、自分は指導者や教育者ではないと決めつけ、早々に放棄してしまったのです。また、風地観《ふうちかん》のタイトル、「物の見方《みかた》について」が「洞察力」と結びついてはいませんでした。風地観の「観」は、観察の「観」であり、自然科学の基本中の基本で、「洞察力」もまたこれが基本なのでしょうに。

黒板に書かれた三つの卦《か》を御覧になり、ヒバリさんと私の話を聴いていらした老賢人は、

「底流には何があるのか」

と、おっしゃいました。

私がこれから取り組もうとしていることは、本質的（底流）にどのようなことなのか、三つの卦《か》の中心に位置する風地観《ふうちかん》は示していたのだと思いました。もし、ギックリ腰を理由に亀山に行かなかったら、私は最も重要なことを見落としたままでいたことでしょう。とにかく、私は、いよいよもって洞察力の基本である「物事の本質を見抜く観方《みかた》」を、体得する努力をしなければならないようです。

今、ふと思ったのですが、当り前に生きていると思われている私たちも、この洞察力が皆無であったなら、もしやもしや、今まで生きてはこられなかったのではないでしょうか？　何が起こるか一分先のことさえわからないこの世の中で、列車事故にも遇わず、家に飛行機が落ちて来たこともなく、命に関わるような大病もせず、五十余年間息をしていられたということは、不思議といえば不思議です。私より少し年下の、癌の患者さんにお会いするたびに、「私が癌になってもおかしくないのに……」と、胸に痛みを覚えながら思ったものでした。連鎖的に、またふっと思ったのですが、特に洞察力を求められる仕事というのは、徳間『易経』の解説に記されていた仕事だけではないのではないでしょうか。老賢人は、易経講座が始まったばかりのころ、

「易経もカウンセリングも、ひとことで言えば、洞察」

と、おっしゃいました。ということは、易者もカウンセラーも洞察力を求められると思いましたし、その他にも、自然を相手にする農夫や漁夫、様々な素材をもとにして物を作り出す職人、生きた人間を相手にする医師、そして、伝達者としての物書きや詩人なども、この洞察力を求められているのではないかと思ったのです。まったく、物を書こうとしている私にとっては最重要事なのに、先へ進もうと意識ばかりが先行して、危うく「慌てる乞食は貰いが少ない」どころか、なんにも貰えなくなるところでした。未来志向型の私自身をモロに見せつけられたようで、いささかめげてしまいそうです。

さて、その洞察力の基本である「ものの見方について」ですが、まず、どのような態度が必要とされるかというと、祭祀を取り行う寸前のときのように、静かに集中して畏敬の念をいだきながら、よく観て察しなければならないということです。それが、風地観《ふうちかん》の卦辞《かじ》だったのです。

盥《てあら》いて薦《すす》めず。孚《まこと》ありて顒若《ぎょうじゃく》たり。

「手を洗い清め、供物《くもつ》を薦《すす》める直前、しばし静止する厳粛《げんしゅく》な間がある。誠信（孚）があたりにみなぎり、厳《おごそ》かなさまが心を打つ」という意味です。私は、この卦辞《かじ》を、過去何度か読んでいましたが、なんのことなのかさっぱりわからなかったのです。「ものの見方について」が、なにゆえ祭祀《さいし》に関連したこの一文になるのか、大きな疑問を抱き続けていましたが、今回、ようやく合点がいきました。

そして、この卦辞《かじ》は、一八日に占った私に、次のように伝えていると思われます。

「今は、祭祀《さいし》を取り行う直前の厳粛《げんしゅく》な間ですよ。なにをあせって、ビクビクと浮足立っているのですか。静止・静思して、きちんと物事の本質をよく観《み》ることを修めなさい。物事の観方《みかた》には次の六つ（各爻辞）があります。参考にするかどうかは、あなた次第です。」

今から私は、これら六つの爻辞《こうじ》に示されたメッセージを注意深く読んで、物事の本質を見極めるよう鍛錬して行かなければなりません。表現された言葉の背後に、あるいは綴られた文章の行間紙背に真実がひそんでいるかもしれないのです。デビット・ボームが名づけた明在系は、氷山に譬《たと》えれば海面上のわずかな部分で、暗在系は海面下の巨大な氷の塊のようなものだそうです。私は、海面下の深いところまで、よくよく観《み》るよう促《うなが》されていると思いました。「目に見えるもの」に惑わされるなということなのでしょう。

私は、数年前から、現代の医療は、画像処理の飛躍的な進歩の反面、目に頼りすぎるようになったと思っていました。けれども、この卦《か》は、「それを批判する前に、私自身が、目に見えるものだけに心を奪われたりしないで、目に見えないもの、物事の本質・実態をよくよく観《み》、察しられる人になるよう精進せよ」と、告げているように思われました。

「言うは易《やす》し、行うは難《かた》し」です。他者のことは見えるけど、自身のことは観《み》えない、観《み》たくない……。だから、ほんとうには他者のことも観えていない。他人には厳しいけれど、自分には甘い……。どうも、私は、もっと自分自身を知るようにとの厳しいお叱りを受けているような気がしてきました。

もしかしたら……何が一番怖いかというと、自分自身の内に潜む「未知なるもの」なのかもしれません。

だいぶ昔になりますが、ぺんぺん草の集まりのとき、ハナノは「森が怖い」と言い、アンズは「海が怖い」と言いましたね。私は、ロウソクによる巨大な影や夜の闇が、かつてとても怖かったと話しましたね。それぞれ怖いものが異なっていても、それは自身の「未知なるもの」の象徴、あるいはその投射（プロジェクション）なのかもしれません。

森も海も、そして巨大な影や夜の闇も、その最奥は、未知。暗在系につながるところ。幽として得体の知れぬもの……。

はっ！　あっ、そうか!!　だからこそなおのこと、祭祀《さいし》を取り行うように畏敬の念をもって慎重に接しなければならないんだ!!　そうか、これが、「科学の発生するところはあの世」「科学は、あの世の科学しかない」と、老賢人がおっしゃった意味なのね。

ここでまた、はっとしました。「精神」という文字がひらめいたのです。「神」という字が付いています。「精神」って……神の精髄《エキス》……？　物事の本質って、神さまの精髄《エキス》なんだ……。物事の本質をよくよく観《み》るということは、神さまにあいまみえようとすることと同じこと……？　そうか！　だから、手を洗い浄めて、静かに、誠実にむきあわなくちゃいけないんだ!!　そうか、どうりで…亀山ではこの時、「誠《まこと》とは何か」ということも話題になったんだ！

風地観《ふうちかん》に登場する「孚」という文字は、地天泰《ちてんたい》の九三《きゅうさん》、六四《りくし》の爻辞《こうじ》にも 登場します。易経には、この「孚」がひんぱんに現われてきます　。六十四卦《か》の一つに風澤中孚《ふうたくちゅうふ》（☴☱）という卦があり、「孚《まこと》がゆきわたり、豚《とん》魚《ぎょ》さえ悦ぶ」というのです。中孚《ちゅうふ》の卦《か》を書いてて、またまたはっとしました。ちょっと乱暴な言い方かもしれませんけど、天・人・地三才《さんざい》、天地の 間に在《あ》る「人」は、「まこと」であるとも言えるかもしれません……はっ!!……亀山で、黒板に書かれた図の意味が、今、やっとわかりました！　私のノートから書き写しますので、見て下さいな。

図2

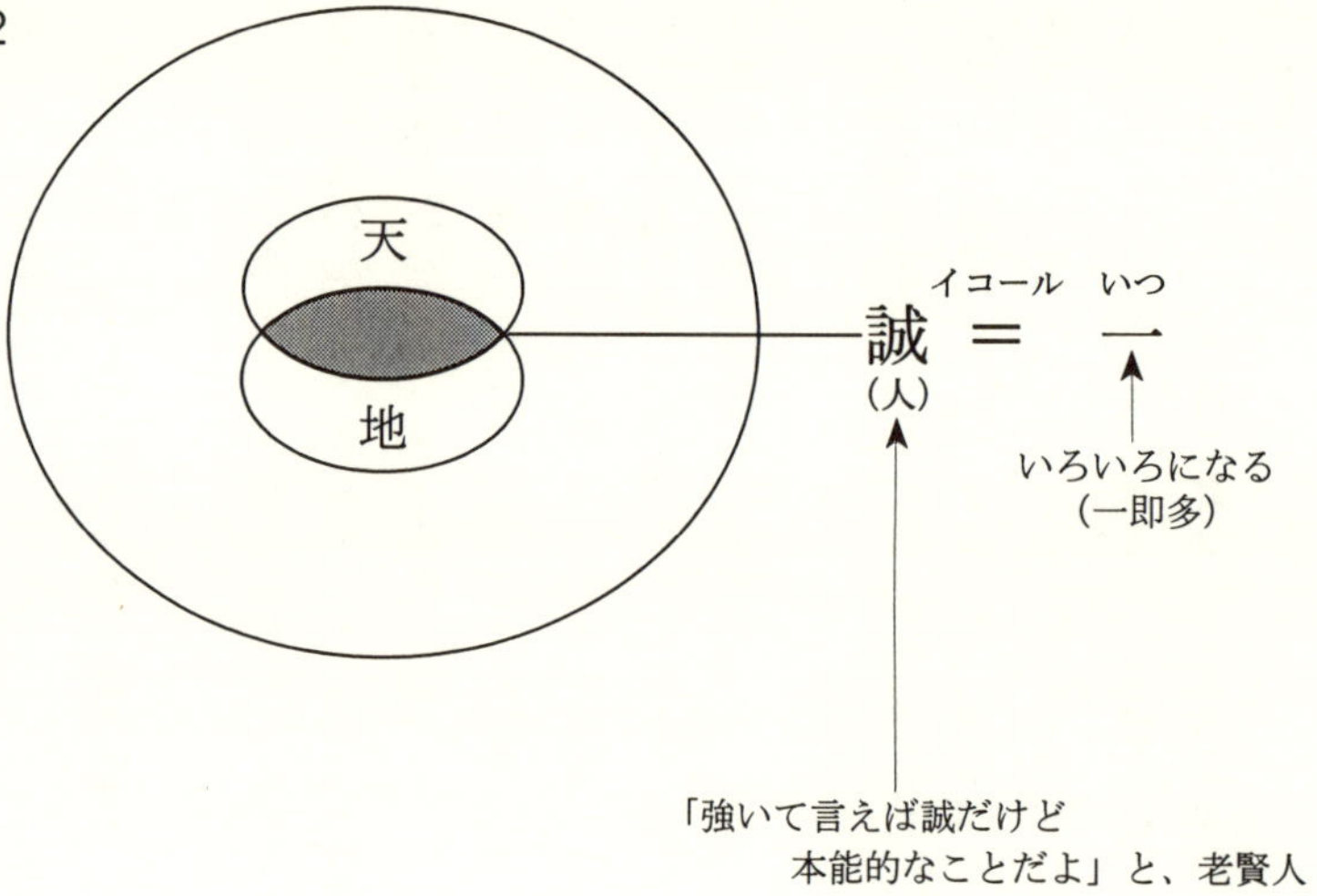

（一即多）のところは、原作本『風の谷のナウシカ』（宮崎駿・徳間書店）に登場する王蟲《おうむ》が、ナウシカに心話で語りかけた「我《われ》個にして全、全にして個」を、即座に思い出しました。でも、天と地の間の「人」が「誠」になった意味が、よくわからなかったのです。天・誠（人）・地を囲む大きな円は、「太極《たいきょく》」だと思います。これは、天地がまだ分かれていない始原の宇宙を表しています。

以下は、参加者が「まこと」と読む文字を黒板に書いて、どんな意味だろうと話し合ったときに、老賢人が端的におっしゃったことを、ノートにメモしたものです。

誠《まこと》→言・成、言葉に成ったときは完。（終り）

真《まこと》→真実、実態。色眼鏡なし。ありのまま。体験も含む。

実《まこと》→ 実情←懸命にはたらいているところ。
　　　　実相←すがた。木の芽ぶきなど。

そして、以下は、帰宅してから思い浮かんだ「まこと」です。過去のノートや辞書を調べて、易経ノートに付け加えたものです。

信《まこと》→人・言、「人間の言うことを、そのまま聴けるということ」（老賢人）「他人の言うことを」ではないことに注意。

私は、自身のなかから、ふっと湧いてくる言葉も、「人間の言うこと」に含まれると思っています。

丹《まこと》→人名に使われることもあり。重要なツボである丹田《たんでん》の「丹」。赤い色の土のこと。この色から、赤心、まごころを意味する。

ユングの『黄金の華の秘密』（人文書院）は、これがテーマだと思います。

孚《まこと》→卵をかえす。たまご。はぐくむ。やしなう。まこと。誠信。たね。種子。

（角川『漢和中辞典』より）

以前、風澤中孚《ふうたくちゅうふ》の卦を二、三度読み、卦《か》の形をまじまじと見たとき、「卵みたいだ」と思ったのですが、調べたらちゃんと「たまご」という意味もあったんですね。いやはや……思わず苦笑してしまいました。徳間『易経』には、「至誠《しせい》天に通ず」というタイトルが付されています。

図3

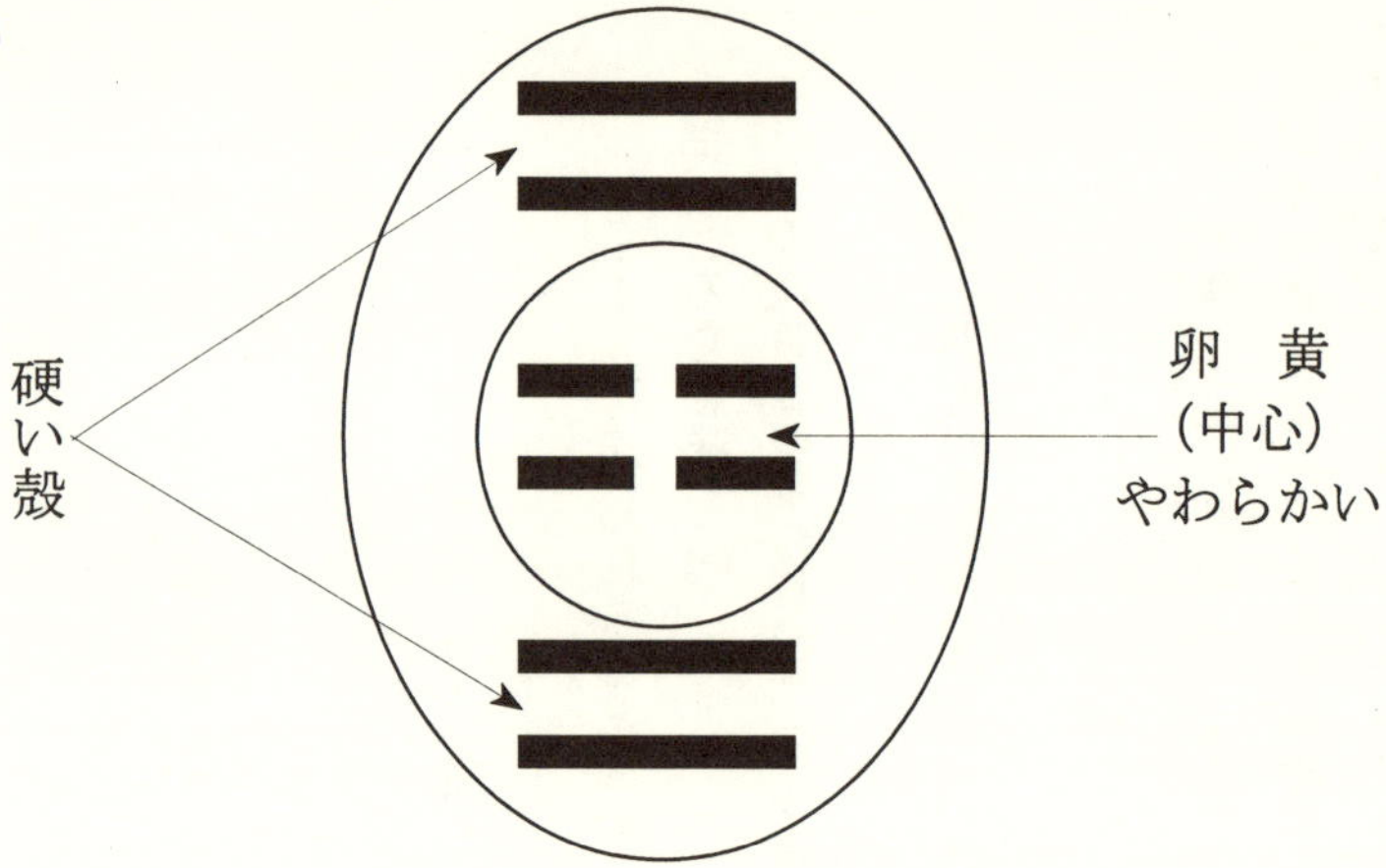

先に書いた図と見比べてみると、「あれ？　似ている……」と思いました。「人」は、父なる天と母なる大地に育《はぐく》まれているように見えませんか？　「人」との関係で言えば、「大地（☷）」は陽になります。そういえば、以前、亀山でこの卦を検討したとき、啐啄《そったく》の話も出ました。啐啄というのは、ひなが生まれ出ようとするとき、中から懸命に殻を破ろうとつつく音（啐）がすると同時に、親鶏が殻をつつき（啄）、これを輔《たす》けることだそうです。

「まこと」「誠」と、新選組ではないけれど、易経は常に「誠実さ」ということを問いかけているように思われます。これは、ロジャーズの「カウンセラーの三つの条件」の一つにも入っています。

老賢人は、「本能的なことだよ」とおっしゃいましたが……それって、①身を包む（衣）、②食、③眠る（住）、④世代を継ぐ（性）だけのことをおっしゃっているのではないように思われました。これらは、『リトル・トリー』（F・カーター、めるくまーる出版）のおばあさんが語っていた、ボディ・マインド（からだの心・我）であって、たましいを容れる容れ物としての身体を、健やかに保つ最低限のことでしょう。でも、「人はまこと」「まことは人」であるならば、ボディ・マインドだけでなく、スピリット・マインド（霊の心・

吾）も、健やかに育ちたがっていて、この二つは、バラバラに分割され得ないことだと思いました。

またもや、私の脳裡を、『月と六ペンス』（モーム、新潮文庫）のストリックランドが横切って行きました。「描かずにはいられないんだ」と言いながら。老賢人のおっしゃった、「本能的なこと」とは、このように、「寝食忘れてやっちゃっていること」、漱石が「書いてないと、生きてる気がしない」と語ったことと、同じような意味だと思いました。

もしかしたら、一人ひとりの人間には、したいとか、したくないとか、よく考えないで、「寝食忘れて」自《おの》ずと「やっちゃっている」ようなことが、必ず一つだけ、天から分け与えられているのかもしれません。


最後に、老賢人は厳しいお顔で、はっきりとおっしゃいました。

「よくよく検討して、本腰を入れて――腰を据えて取り組まないと、たいへんなことになりますよ。」

その意味は、①の卦《か》をよく検討しないまま、吉卦《か》と思われる②に気を取られていた私を、「舞い上がりなさんなよ」と、厳しく戒《いまし》めて下さったのでしょう。私は、言葉を失くして、じっと聴き入っていました。

午前中いっぱいかけて、私の卦《か》を真剣に検討してくれた皆さんに、お礼を述べたところで休憩に入りました。

私は廊下に出て、ぼーっとしながらたばこをふかしていると、老賢人が通りすがりに、お声をかけて下さいました。

「大分、厳しいことを申し上げましたが……」

そのお顔は、慈愛に満ち満ちておりました。

私は胸がいっぱいになり、気の利いた言葉も見つからず、ただ微笑み返しただけでした。心の中では、「先生！」と抱きついていました。

この厳しさこそが、ほんとうのやさしさだといつも感じていましたが、この時ほどそのやさしさが身に沁みたことはありません。心中、どれほど心配して下さっておられることか！　よく考えないで行動しがちな、楽観的で大雑把な私には、このくらいの厳しさがちょうどよいのですよね。ほんとうに……私は善き師にめぐり会えました。たばこの煙で目をしばたたかせながら、私は、ここで学べる悦びをかみしめていました。

亀山から帰ってきて、私は、あらためて三つの卦爻辞《かこうじ》を、易占例ノートにまとめてみました。すると、亀山での検討とあいまって、いろんなことが見えてきました。私がびっくり仰天しつつも、内心少しばかり気をよくした地天泰《ちてんたい》にも、下卦《かか》の極（三爻《こう》目）と上卦《じょうか》の極（上爻《じょうこう》）で幸運も永遠に続くものではないことを、ちゃんと警告していたのです。

九三《きゅうさん》。平らかなるものにして陂《かたむ》かざるはなく、往《い》くものにして復《かえ》らざるはなし。難《くる》しみて貞なれば咎《とが》めなし。その孚《まこと》を恤《うれう》るなかれ。食において福あらん。

老賢人が、「まことさえあれば、食うに困らない」と、おっしゃったところでもあります。思わず涙が出そうになったものですが、困難に耐えて、誠信を保持していられるかどうかが、私に問われています。

上六《じょうりく》。城、隍《ほり》に復《かえ》る。師を用うるなかれ。邑《ゆう》より命《めい》を告げんのみ。貞なれども吝《りん》なり。

城郭が一挙に崩壊し元の堀に復《かえ》ってしまう。こんな時、戦《いくさ》はもってのほか、自身の領分を治めるのみ、貞しくても安逸猶予《あんいつゆうよ》していると不運に陥る、という意味です。

このように、易経は、気をよくするような卦《か》には必ず注意を喚起するような警告が示されています。逆に四大難卦《なんか》と言われる卦《か》には、「艱難《かんなん》汝を玉にす」というようなメッセージが、必ずどこかに示されています。まさに「禍福《かふく》はあざなえる縄のごとし」「禍《わざわい》は福の倚《よ》る所、福は禍《わざわい》の伏すところ」（『老子』五十八章）ですね。

十一番目の地天泰《ちてんたい》の次には、十二番目の天地否《てんちひ》が続いているのも、このような意味がこめられているのでしょう。この二つの卦は、ワンセットといってよいでしょう。そういえば、易経は、こうしたワンセットで並んでいるように思われます。

ここで、亀山でのことがハタと思い出されました。老賢人は天地否《てんちひ》と地天泰《ちてんたい》の卦《か》について、

「三爻《こう》目と四爻《こう》目がポイントだねえ」

ともおっしゃっていました。

図4

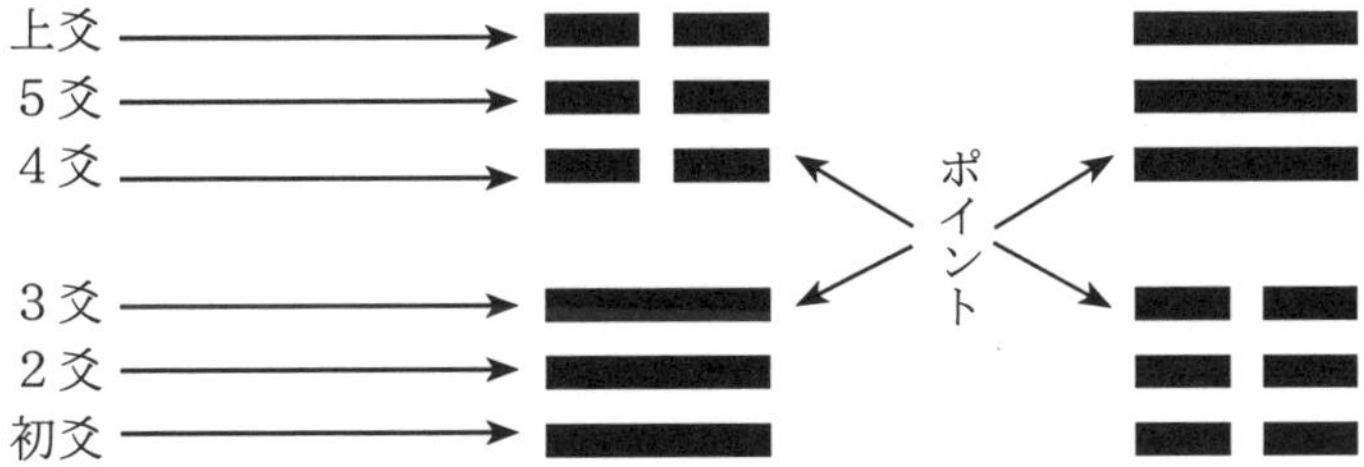

⑪ 地天泰《ちてんたい》

⑫ 天地否《てんちひ》

私は、この意味はなんだろうと、思いめぐらしているうちに、次のようなイメージが浮かんできました。ポイントにあたる三爻《こう》目と四爻《こう》目の陰（⚋）と陽（⚊）とが、磁石の陰極と陽極のように、ぴったりくっついていて、それを中心にグルグル回る車輪とかモーターの映像でした。このイメージから盛んに運動していることを連想しました。ということは、今、私はこの渦中にいると思いました。では、その中《ちゅう》たるポイントとは何か？　外側は盛んに動いているけれど、その中心がやたらと動いては、車輪もモーターも空中分解して全く用を成さなくなります。そうか、やっぱりこのポイントは風地観《ふうちかん》なのです。それにしても、すごいというかなんと言うか……三つの卦の中心に、ちゃんと風地観《ふうちかん》が鎮座していたのです。それが観《み》えない私。「ポイント」と観《み》える老賢人！　やっぱり優れた先達《スーパーバイザー》は絶対に必要です。

　そこで私は、天地否《てんちひ》と地天泰《ちてんたい》の三爻《こう》目、四爻《こう》目をもう一度じっくり読みました。天地否《てんちひ》の九四《きゅうし》と地天泰《ちてんたい》の九三《きゅうさん》は、前に書きましたので省略しますね。

　天地否《てんちひ》。
　六三《りくさん》。羞《はじ》を包む。

「自分だけいい思いをすることは恥ずかしいことだと自覚して、常にこのことを心中に納めておく」、という意味です。

地天泰《ちてんたい》。
六四《りくし》。翩翩《へんぺん》として富めりとせず。その隣と以《とも》にす。戒《いまし》めずしてもって孚《まこと》あり。

「ぱたぱたと翼を揃えて舞い降りるように、富など心にもかけず、その隣と共にする。このようであれば、戒めなくとも誠があるのだ」という意味です。

以上、四つの爻辞《こうじ》から、「仲間」「誠」「富まず」「禁・安逸猶予《あんいつゆうよ》」というメッセージが読み取れます。

これら四つと洞察力を磨くことが、これから私の取り組むべきことの要点だということでしょう。それはわかりましたけど……実行し、現実化するのは私なのです。やっぱり、右掌に握っていたジグソー・パズルの一片なのねと、私は大きく息を吐きました。また、最も肝要なのは、「誠」であると言われている感じですが……この「誠」って、「富――特に私腹を肥やすこと」とは、相い容れないみたいだと思われませんか?

人生の大転換を決意したものの、これは確かに厳しいです。なにしろ、今の世の中、陰に陽に「お金が無いと食べて行けませんよ」と、強迫しているようなシステムなのですから。そして、私も、今までその中にどっぷりと浸っていたのですから。「その厳しさもちゃんと自覚・認識しているのですか?」という意味も、老賢人の厳しい言葉にこめられていたのでしょう。

こうして再検討しているときに、また一つ気がついたことがありました。どうしてもその意味がわからなかった、「ツイてない、その4」の、あの怖い夢のことです。

一六年来つきあっているアンズも、三、四年しかつきあっていないスギナも、私にとっては大切な友人です。それなのに、つきあいの長いアンズの方が死にかけている夢って、どういうことなのかと、ずっと思いめぐらしていました。坤《こん》の卦辞《かじ》の一節が脳裡をよぎったりして、それも考えてみたりしました。

　西南には朋《とも》を得《え》、東北には朋を喪《うしな》う。

アンズの住いは、私の家からほぼ南。スギナの住いは、私の家からほぼ北西方向。全然ぴったりせず、私はずっとその意味を探しつづけていたわけです。それがようやく納得のいく仮説が成り立ったのです。

易占例ノートにまとめながら、ふとひらめいたのですが、自分自身のことを占ったとき、上卦《じょうか》は環境、下卦《かか》は自分のことという読みだけではなく、上卦は意識レベル（我《が》・ｅｇｏ）、下卦は無意識レベル（吾《ご》・ｓｅｌｆ）とも読めるんだよな、と思ったわけです。その線で読んでみると、天地否《てんちひ》が出たときの私の心理的状態がより一層わかりやすくなったのです。

意識は剛強に進もうとしていました（乾 ☰）。早いとこ出版にこぎつけようとしていたわけですからね。けれども無意識は、今後の生活への不安をかきたてることで、内的世界に深く降りる必要性を促《うなが》していたのです（坤 ☷）。暗在系との接触不良かと感じたのも、あながち、間違いではなかったのだと思いました。「ツイてない」と思った数々の出来事は、無意識からの「ちょっと止まれよ（静止・静思）」信号だったのです。もしかすると、ユングは、易経を手がかりにして、無意識からの信号、あるいはメッセージを読み解こうとしていたのかもしれないと思いました。私のこのひらめきも、「易と現代」や『ユング自伝』（ヤッフェ編・みすず書房）を読んでいたことが輔《たす》けになっていたかもしれません。また、『ユング自伝・１』のプロローグで、「無意識の中にあるものはすべて、外界に現れようと欲しており……」と記されていたことが、とても重要なヒントになったと思います。

そんなことをやっているうちに、これまたふっとひらめいたのですが、もし、東洋で古くから言われているように「自己三千人」ならば、夢に登場する人物はすべて、私だとも言えるのではないかと思ったのです。たとえば、「私は整理整頓が下手くそな人間だ」とか、「私は忘れっぽい人間だ」などと表現するときは、自覚・認識している「概念的な自己（意識・我）」を述べているわけです。こうした概念的自己でさえ、ひとりではありませんよね。そして、自覚・認識していない自己は、海面下の氷山を思えば、もしかすると概念的自己よりも、もっとたくさんの自己がいることになるかもしれません。私にとって、いやな人間、お近づきになりたくない人間、あるいは内的世界の奥深くに潜んでいて姿を現さない人間などなど。これらすべてが、「自己三千人」を意味している……ということは、あのこわ～い夢は、内的世界のドラマである、とも考えられます。とすると……アンズもスギナも、追って来る男たちも強姦されかけている女たちも、その他大勢、居酒屋にいた人びとも、すべて私だということにもなるでしょう。三度ひらめいたのは、この直後でした。

「古い私が、死にかけているんだ！」

つきあいの長い私自身が死にかけている……いえ、死なければ新しい私自身として生まれない……それが、あの恐しい夢の意味だったのです！　夢は、その時期に来ていることと、そのような方向に動いていることを、安泰のように思える古巣へと引き戻されそうな私に伝えていたのです。

かつて、母の胎内から生まれ出ようとするときも、こんなに逡巡《しゅんじゅん》したのかしらね。窮屈になってしまったのですよね。ジグソー・パズル君がいみじくも語ってくれたように。

村上春樹が言うように、「未来は巨大な０」で、とっても怖いけど、ほんのわずかな光とでも言うべき「希望」だけを胸に抱いて、私は進まなくてはいけないのですね。なぜなら、古巣は狭くなりすぎて、息が苦しくなり、生きていけそうになくなってしまったのですから。

このストーンと落ちたことから派生して、消えたお札も、実はお賽銭《さいせん》なのかもしれないと思いました。「翩翩《へんぺん》として富めりとせず」……講座一回分と冬物のセーターや本は、パーになりましたが、いいさ、今のところ、おなか一杯食べられるんだもの……「食において福あらん」なーんてね。

こうして書いてみると、夢と易経って、なんだか妙に似ていると思われませんか？ とにかく、意識化できないでいるところに、なにやら意味深い信号やメッセージを送っているようです。それも、孚《まこと》・誠《まこと》と、なにかしら自身の核になるようなところからの、天地と一体になっているようなところからのメッセージ……怖いけど、分け入ってみたい想いに駆られて、ドキドキーッとします。未知のものに出会えるというか、なんというか……。あっ！ 映画『未知との遭遇』！ "We are not alone"……「われわれはひとりぼっちではない」。ひとりで悪戦苦闘しているときでも――実は、それも楽しかったりして――、ほんとうは、天地自然と一体なのであって、わたしたちは決してひとりぼっちではないのかもしれませんね。

こんなふうに、亀山でみんなに検討してもらったことを基《もと》に、ハナノに手紙を書いているうちにも、おかげさまで、いろんなことが見えてきました。やっぱり、ひとりぼっちではないのですね。ありがとう！ みんなぁ！

けれども、「では、何をテーマに書くのか?」となると、実はさっぱりわからないでいます。振り出しに戻ったあげく、そこからちっとも出かけられませんよ、これでは……。ここはひとつ、天地の気とツーツーの「内なる君主」の声を、じっと待っていなくてはならないようです。

とにかく、仲間のことを忘れず、自己満足に陥らず、それでいて伝えたいことはなんなのか、検討してみる以外にありません。そして、これは苦しい作業ですが、ひとりでしか取り組めないことでもあるのでしょう。か弱いひなが、自分で卵の殻を破ろうとしなければ天地も親鶏も輔《たす》けようがないのでしょうから。「人事を尽くして、天命を待つ」とは、こういうことなのでしょうね。

今度、原稿ができ上がったら、単身心独走せず、仲間たちに読んでもらって、「面白い！」と言われたら出版することにしましょう。できれば、再生紙か非パルプ紙を使いたいのですが……高価なのでしょうね。

すっかり長くなってしまって、ごめんなさい。読むのに疲れてしまったのではないでしょうか。どうぞ、休み休み読んでもらえたらと願っています。

今、はっとしたのですが、紙の束って重いですよね。ハナノのもとに何通手紙を書き送ったかしら……旅は、身軽な方がいいです。私の送った手紙は、ひと休みした大樹の根元の肥やしにでもして下さいな。偉大なる荘子《そうし》さまがおっしゃるには、書き付けたものなど「糞尿」と同じなんですって。酸性紙に書き付けた私の手紙など肥やしにもならないでしょうけれど、いつまでも後生大事に持ち歩いていると、重くて歩けなくなってしまいますから、ゴミとなって飛び散らないよう埋めて行って下さいね。

えー……そしてですね、御感想・御批判は、風にのせ、光りにのせ、あるいは一夜の夢にてお送り下さればとてもありがたいです。

心をこめて。

海のものとも山のものとも知れぬ

ハコベより。

10 退職後の日々

二〇〇〇・六・四

親愛なるハナノ

前回、あなたに手紙を書いたのは、いつごろだったでしょうか。

退職の前後はなんだか慌しくて、あっという間に時が過ぎたような過ぎないような、妙な感覚が残っています。その慌しさもようやく落ちついてきて、気がついたら桜の季節も新緑の季節も過ぎてしまい、バラの季節が訪れようとしています。

私の退職の日、火山性地震が続いていた有珠山《うすざん》が、ついに噴火しました。大地が動いています。地底のいのちが外へ出ようとしています。ユングが語るように、まるで「無意識の中にあるものはすべて、外界へ現われることを欲している」かのように。やはり、天地と、私という個人とは、決して無縁ではないのだと感じ、襟足の毛が逆立つのを覚えました。幸い、噴火予知情報が的を得て、死者は出ませんでしたので、私は大いにほっとしました。

退職してから私は、バスの中から興味津々《しんしん》で眺めていた未踏の地区を探検しました。昔、よく遊んだ界隈にも行ってみました。登山のための足慣らしと称して、生まれて初めて山菜採りにも行きました。山野草のお花ばかりに気を取られ、どうしても「山菜の目」にはなれませんでしたけれど。四月中旬には、母と二人で、長浜→吉野へ五泊六日の花見旅行に出かけました。こんな大名旅行は二度とできないかもしれません。

ギックリ腰は、一ケ月以上もかかっていつも通りに動けるようになり、三月下旬から再び水泳教室に通い出し、四月からは週二回にしました。

カウンセリングの学習も続けています。四月と五月の下旬には千葉の亀山に行き、五月初旬と中旬の仙台におけるワークショップにも参加しました。研修センター掌風荘における『ユング自伝』の読書会にも毎週参加できるようになりました。

六月初めには、ぺんぺん草のメンバーとその家族や友人と一緒にアンズ自慢のハーブ園に行って、リラックスした、とても楽しいひとときを過ごしてきました。銀どろの葉が風にそよいでキラキラと輝いていたのが、鮮やかに心に残っています。

畑も始めました。友人のつてで借りられた造成宅地に枝豆とカボチャを植えました。今から収穫が楽しみです。

このようにお話すると、仕事を辞めたあと、ゆったりのびのびと、充実した日々を送っているように見えるかもしれませんね。でも……退職後、種々の手続きのために職安やもとの職場や区役所に足を運んでいるうちに、またしても将来への不安がムクムクと頭をもたげて来ました。

退職金は、私の想像以上に支給されました。会計課の方に、

「来年から率が下がるんですが、調べたのですか？」

と、訊ねられるほどに。それで、金額を聞いたばかりのころは、内心浮上気味だったのですが……税金を差し引かれ、家の増改築のローンを清算し、任意継続の健康保険料やら介護保険料、国民年金の掛け金など、一年分まとめて支払ったら、またたく間に数百万円が消えてしまいました。残りの退職金で、たとえ節約しても、年金がおりるまでなんか絶対持たない！　と不安が増大してしまったのです。「お上の世話にはならない！」と豪語していても、いざとなると、なんとも腑甲斐無い小心さ!!そのうえ、覚悟はしていましたけれど、雇用保険の受給は三ケ月待たされることになりました。職業安定所の係の方は、定年間近かの、感じの良い穏やかな男性でしたが、私は、医療界ではもう働けなくなった事情を十分に話せませんでした。

「資格があるのに勿体ないでしょう？」

という言葉の背後に、なんとなく、この不況の時代に、そんなわがままは許されませんよ、といった無言の圧力を感じてしまったのです。

職業安定所という所は、なにかこう……独特の雰囲気がありますね。午前中いっぱいの説明会にもきちんと出席しましたけど、私は、なんだか気分が滅入ってしまいました。

「雇用保険は、積立て預金ではありません。皆さまにお支払いされる保険金のほとんどは、国民の税金でまかなわれております。ですから、一日も早く新しい仕事を見つけていただき、国民の皆さまに御迷惑をおかけしないよう、お願い申し上げます。」

やわらかい声ではっきりと話す安定所の職員の声を聞きながら、自分がひどくみじめな立場にいるように思われました。

私だって三〇年間、一つもごまかさないで税金を払って来たのに。その税金が、欲の皮がつっ張った乱脈経営によって、倒産した大手企業や大銀行の救済のために湯水のごとく使われたというのに。責任ある経営者や政治家たちは、私財を没収されることもなく、監獄に入れられることもなく、働き盛りの国民を片っ端からリストラして、のうのうと暮しているのだろうに。案の定、リストラされたらしい四、五〇代の男性の多さが目に止まり、なんだか悲しくなってきさえしました。就職、退職を繰り返して、雇用保険をうまく利用している人も中にはいるかもしれませんが、中高年には就職難のこの時期に、一〇把ひとからげに言わないで欲しいと思いました。

こうして、生まれて初めて職安通いをすることになったわけですが……退職金が一気に減って不安が増大していたところに、世間からは「仕事をしていない人間は、役に立たない人間だ」と見られているといった、みじめな気持まで加わって、風船がしぼんでいくような感じがしました。そして、またしても仕事を辞めたのは、ちょっと早まったかというような、年末年始のころと同じ葛藤状態に投げ込まれてしまったのでした。でも、あれから、まったく夢を見ないから不思議です。「ツイてない」こともありません。仕事を辞めて、天意にかなったということかしら。それとも代りに有珠山の噴火……？　ああ、いや！　考えたくもない、と思ったりしました。

他人事のようですけれど、私の退職劇も不思議と言えば不思議だと、自分でも思います。昨年の夏ごろまでは、ほんとうに辞めることになるとは、自分でも思っていなかったようでした。それなのに、昨年の新年早々、夏のボーナスをはたいて、キャッシュで新車を買おうとしていたのです。お金が入るうちに、死ぬまで乗れる低公害車を買おうと……。もしかすると、しっかりと自覚、意識されていない私は、すでに自身の退職を知っていたのでではないか、という気がします。そういう意味では、街の占い師が語ったように他人のことばかり――つまり、概念的な自己のことばかり――考えているというのは、当っていたかもしれないと思いました。実際、この退職後の時期も、少なくとも二人の私が言い争っていました。一人の私は、仕事を辞めたのは早計だったと責め立てていました。

「臆病者のくせに、なんて大博打《おおばくち》を打っちゃったの?」

もう一人の私は

「もう賽《さい》は投げられたのだから、後悔しないで、航海するしかないのよ」

と、言っていました。三千人のうちの何人かの私は、クヨクヨしている私に同調して、堂々めぐりを繰り返していました。また何人かの私は、

「クヨクヨしてるなら、いやになるまでクヨクヨしているしかないんじゃない?」

と、言っていました。また、別の何人かは前進しようとしている私に同調して、

「もう、ヤブレカブレだ! 進むしかない!」

と、発破をかけていました。

そうこうしているうちに、五月に入って、初旬のワークショップが終ったころから、おなかの調子が良くない状態になってきました。夕食後、二時間ぐらい経つと、おなかがすいたときのような感じになるのです。妙だなあ、と思っているうちに、ワークが終った三日後の夜は、救急車を呼ぶはめになるかと心配しながら寝るほどの痛みになりました。でも、朝になったら痛みはすっかりおさまっていて、通常と変わりませんでした。ところが、夜になると、前夜ほどではないけれど、また痛くなってくるのです。二日ぐらいして、ついに便が水溶状になりましたが、これは一回だけで済みました。朝、起きたばかりのときは、痛みを感じないのに、朝食後二時間ぐら

いすると、おなかがすいたような感じになり、時間が経つにつれて少しずつ痛みが増してきて、夜一〇時頃がいちばん痛くなるといった症状が一〇日ばかり続きました。食欲がないとは思わなかったのですが、食べ始めるとすぐにおなかが一杯になった感じがして、半分も食べないうちに食べたくなくなってしまうのでした。便は、ずっと軟便でした。おなかの底の方がなんだか冷たいような感じがし、気力も失せていくような感じでしたけれど、だるくて起きていられないということはありませんでした。

結局、ヨモギの鍼灸院と、漢方薬も処方してくれるという鉄砲町の医院に行って、「風邪」だと言われたのですけどね。家にあるデジタル式の体温計で熱を計っていたときは、平熱だったのに、医院で旧式の水銀体温計で計られたときは、微熱だったのには驚きました。

私は、過去二回、真冬に感冒性大腸炎なるものにかかり、激しい下痢・嘔吐に苦しみましたが、一日二日寝ていてケロッと治ったのです。こんなにダラダラと続くなんて……風邪なら風邪でもっとダイレクトにやってきてくれてもよさそうなものを、と思いましたよ。

おかげて私は、再開したプール通いをまたもや休むことになってしまいました。そのうえ、せっかく年齢相応にふくよかになってきたのに、体重は五キロ以上も減って、あわや四五キロを割ってしまいそうになりました。

ここに至って、ふと、私には水が合わないのではないか、という疑念が生じてきました。

過去二回のギックリ腰は、一週間かそこらで改善したのに、今年一月のギックリ腰は一ケ月以上もかかりました。そして、今回の風邪は二週間以上も続いたのです。からだの表面はぽっぽっとあったかいのに、からだの奥は冷たい感じがするのも、妙といえば妙です。ヨモギには、

「腎臓が弱っているよ、ハコベ。からだ冷やさない方がいいよ。」

と、言われました。

そういえば……腎機能がよくない人や心臓に疾患のある人は、医師の診断を受けてから泳ぐよう、どの水泳教室でも明示されていました。私は、職員健診でいつも尿に強い潜血反応が出ていましたけど、再検の早朝尿検査では異常なしだったので、長時間立っていると午後に潜血反応が出る起立性のものだということで、とり立てて気にしていませんでした。けれども、ギックリ腰を皮切りに、なんとなく体調がよろしくなかったことにも思い至り、私のからだと水との関係がにわかに気になり出したのです。

そこで私は、「水泳を続けてもよいからだでしょうか」という問いで、占ってみました。

示された卦《か》は、六十三番目、水火既済《すいかきせい》の三爻変《こうへん》でした。陰も陽も正位《せいい》に納《おさ》まっていて、徳間『易経』には、「完成美」というタイトルが付されています。

図5

本卦《ほんか》　之卦《しか》

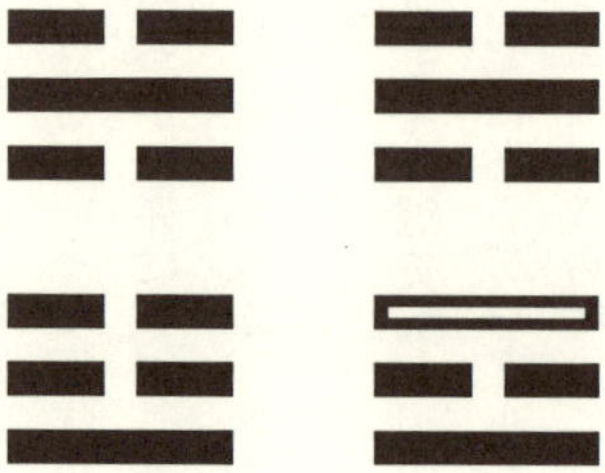

㊸ 水火既済《すいかきせい》

③ 水雷屯《すいらいちゅん》

正位《せいい》というのは、奇数爻《こう》（初・三・五爻）に陽、偶数爻（二、四、上爻）に陰が居ることを言います。陽は奇数を、陰は偶数を象徴しているのです。

「完成美」というと、普通私たちは、こんないいことないじゃないかと思いがちですが、易経はここで終りではありません。易経最後の卦《か》は、次にくる六十四番目、火水未済《かすいびぜい》（未《いま》だ済まず）の卦《か》で終ります。つまり、この二つの卦《か》は、「終りは始まり」のワンセットなのです。

また、水火既済《すいかきせい》の卦《か》は、消火の卦《か》でもあります。下卦《かか》の火（☲）が、上卦《じょうか》の水（☵）によって消えることを表わしています。火事になって消火作業が完了すれば、既《すで》に済むわけですよね。

水泳を続けていいからだかどうかを占って、「水」の入っている卦《か》が示されるとは、正直言って驚きました。それも、環境を表わす上卦《じょうか》の「水」は変わらなくて、私自身を表わす下卦《かか》の「火」の極（三爻目）が、今や変わろうとしています。卦《か》を見ただけで、よろしいことはないな、と直観しました。なにしろ下卦《かか》の「火」は、生命《いのち》の火に見えましたから。

おもむろに卦辞《かじ》を読んだ私は、ギクッ、ドキッとしました。あまりにもドンピシャリなので、思わず

「そんなあ……」

と、口をついて出たほどです。

既済《きせい》は亨《とお》ること小なり。貞しきに利《よ》ろし。初めは吉にして終りは乱る。

昨年七月から始めた水泳。今年一月、ギックリ腰になるまでは順調でした。「初めは吉にして」は、まったくその通りです。でも、五月に入って再び水泳を休むはめになりました。「終りは乱る」が、やけに気になるではありませんか。

「象《しょう》に曰《いわ》く」を続けて読んで、いっそうギクッとしました。

　象《しょう》に曰《いわ》く、水の火上にあるは既済《きせい》なり。君子もって患《わずら》いを思い予《あらかじ》めこれを防ぐ。

「患」「予」「防」の文字！

「なに、これぇ？」

と、息が止まるほどびっくりしました。私は、目をまんまるくしながら、小泉氏の『易経の謎』に従って、変爻《へんこう》箇所の九三《きゅうさん》の爻辞《こうじ》を読みました。「易と現代」を読むと、ユングもまた、この変爻のところを重点的に読んでいたようですから。

　九三《きゅうさん》。高宗《こうそう》鬼方《きほう》を伐《う》つ。三年にしてこれに克《か》つ。小人《しょうじん》は用うるなかれ。
　象《しょう》に曰《いわ》く。三年にしてこれに克つとは、憊《つか》れたるなり。

「憊《つか》れたるなり」には、思わず苦笑してしまいました。まったく……水泳を初めて一年も経っていないのに、疲れているようだと。この爻辞の意味は、殷《いん》の中興《ちゅうこう》の英主である高宗《こうそう》（武丁《ぶてい》）でさえ、周辺の蛮族を征伐するのに三年もかかってこれを克服した。小人《しょうじん》はこんな真似をしてはいけない。三年もかかってこれに克《か》つというのは、疲れ果ててしまうということだ、というものです。

疲れ果てて患《わずら》ってしまっては、からだを鍛えるもなにもあったものではありません。「予《あらかじ》めこれを防ぐ」は、まったくもっておっしゃる通りです。私は早速、スイミング・スクールに電話して、辞める旨を伝えました。力を抜くことができぬまま、結局、泳げる人にもなれませんでした。「ハコベは、なんて根性なしだ！」とも思いましたが、どうも無意識の方はせっせと危険信号を送り続けていたようなので、この忠告を受け容れることにしました。どうも、意識レベルでは小人《しょうじん》のくせに、私は「行け、行け！」といった剛の傾向があるような気もしてきました。とにかく、この卦《か》のメッセージを無視して、水泳を続けては、之卦《しか》の水雷屯《すいらいちゅん》（四大難卦《なんか》の一つ）に之《ゆ》き、嵐（雨・雷）に耐えられる頑丈さや心構えができていないうちでは、たちまち打ち砕かれてしまうと思いました。水雷屯《すいらいちゅん》の卦爻辞《かこうじ》を読めば、「あれもこれもと色気を出さずに、志操《しそう》を貫くべし。困難多く行き悩むこの時期に、軽率に前進しようとすれば、馬に乗ってあてどなくグルグルまわるごとし、血の涙がとめどなく流れるごとしになりますよ」と、警告しているように思われました。志《こころざし》が固まっていそうでいないような私には、実に耳の痛い忠告です。仕事を辞めたと思って、今までしたくてもできなかったことに、あれもこれもと手を出しているし……ここでも、「志」を問われてしまいました。

わかってはいるのですが、原稿はストップしたままで、誰に、何を、どう伝えたいのかはっきりせず、先行き不安になり、あせってしまうのですよね。無意識は、このからだを通して、一所懸命に腰を据えろとひき止めているというのに……。

水雷屯《すいらいちゅん》、三爻《こう》目の爻辞《こうじ》には、次のように記されていました。

六三《りくさん》。鹿に即《つ》くに虞《ぐ》なく、ただ林中に入る。君子は幾《きざし》をみて舎《やむ》にしかず。

虞《ぐ》とは、山林を管理する役人のことです。その役人の道案内もなく、獲物の鹿についてゆくのは、林中に迷いこむだけだと言うのです。君子たるものは、このような幾《きざし》を見たらついて行くのはやめにして、家（舎）にいることにする、という意味でしょう。私のことで言えば、意識に昇りそうなところで（下卦《かか》の極）、むやみに獲物を追おうとしているけれど、無意識の奥深くには君子がいる（初爻の陽）ようにも思われます。私は、これらの卦爻辞《かこうじ》にも耳を傾けようと思いました。

それにしても、どうでしょうか、この的を得た言葉の数々は……。ちょっと怖いくらいですが、全体としての「自己自身」を知るには、易経はなかなかの「すぐれ者」と言えるのではないでしょうか。自己自身を知ることと易経の関連を、ユングは「易と現代」の中で、約一ページにわたって述べていました。それを初めて読んだとき、私は、思わず涙が出てしまったものです。特に次のような一節が、私の琴線に触れたのだろうと思われます。

「それ〈易経〉は要するに、自然の一部のように、だれかが発見してくれるのを待っているだけである。それはどんな知識も能力も提供するわけではないが、しかし、自己自身を知ることを求め、思索と行為のための英知——もしそういうものがあるとすれば——を愛する人びとにとっては、易経はまさしく真実の書であるように思われる。」（『東洋的瞑想の心理学』創元社より　湯浅・黒木訳）

私という正体不明のある個人が、「自己自身を知ることを求め、思索と行為のための英知を愛している」かどうかは、不明・不確かです。けれども、私は、この科学技術文明を支える合理主義精神の不条理さに対して、いつも、ひどく哀しい想いを抱き続けてきました。客観的に証明されなければ「真実」ではなく、こころや感情はアテにならない削除すべきものだという考え方には、全体としての私をバラバラにされているような感じを受けつづけていたのです。ユングは、そして易経は、そんな私の哀しい想いに、それこそ、野辺の花や、ひっそりと佇む樹木のように、そっと寄り添ってくれたような気がしたのです。出会うべくして出会ったのだ、という思いがふっと湧き、同時に涙がこぼれ落ちてしまったのでした。離婚を決意する前から始まった濫読《らんどく》は、決して無駄ではなかったのだと思いました。きっと、人生には、無駄なことなんて何一つ無いのでしょう。

ちなみに、ユングは、易経の方法がどんな人びとには不向きなのかも述べていました。それは、「精神的に未熟な、幼稚で遊び半分の人間」や「主知主義的で合理的性格の人には適さない」ということでした。また、精神科臨床医としての長年の経験から、「個人的で一回かぎりの、たいへん複雑な心理的状況においては、その性質上、実験を繰り返して証明できるようなものは、まったく何も見出されない」とも述べていました。

老賢人もまた、易経の方法を信用する気のない人や遊び半分の人びとには、

「むしろ害悪である」

と、厳しい面持でおっしゃいました。人知の及ばない暗在系からのメッセージを遊び半分で何度も試そうなどとすることは、核エネルギーや遺伝子を、お金のためや幼児的な好奇心だけで操作しようとするのと同じくらいに危険なことなのだと痛切に思いました。

引用のために、再び「易と現代」に目を通していて思い出しました。

4月下旬、亀山における「易と現代」をテキストにした講座でのこと。私は、「占いが当ることにはどんな意味があるか」と題する節の、最後の文章にひっかかりました。

「ただしその方法〈易経の方法〉を用いるのには、少しばかりの知性が要求される。言うまでもないことだが、

無知であるほど容易なことはない。」

ユングさんともあろう人が、知性の無い人を皮肉っているように思われたのです。ところが、この文章にひっかかったのは、私だけではありませんでした。誰かが、

「無知であるほど容易だって、どういうこと?」

と、言いました。

「生きていくことが容易だということだよ。」

と、老賢人がおっしゃいましたが、私たちは一向にピンと来ませんでした。

「じゃあ、無知ってどういうこと?」

と、誰かが声をあげました。そして、私たちが、そのことについて盛んに話しあっていると、老賢人が再びポツリとおっしゃいました。

「知らぬが仏ってことだよ。ヒポコンデリー(心気症。病気でないのに病気ではないかとこだわり続けるようなこと)にもならない。」

「知らぬが仏?」

誰かが、すっとんきょうな声をあげました。

老賢人は、少し間をおき、ぽかぁんとしている私たちを、ゆっくりと見回すようにして

「知っててやるより、知らないでやる方が罪は重い」

と、はっきりおっしゃいました。

「えーっ!!」

あちこちから驚きの声があがり、静かな池に、突然、大きな石が投げこまれたようになりました。ヒバリさんが、いきなり腰を浮かせて、

「うっそ、先生！　それって、逆じゃないんですかあ?」

老賢人は黙ったまま泰然としていらっしゃいました。私たちは、世間一般で言われていることと、まったく逆なのだということを知り、いっそう騒然となってしまいました。私は茫然として、ますます頭がぐちゃぐちゃになってしまいました。老賢人はたびたび社会通念とは逆のことをおっしゃるのですが——例えば「穴が無いから落ちる」とか——、このときほどたまげたことはありません。でも、こうしたことが私の探究心を燃え立たせてしまうから不思議なものです。

帰宅途上の新幹線の中で気がついたのですが、「知らぬが仏」に関する老賢人の一石的発言は、「自己自身に対して偽る」というか、「自己欺瞞」を意味しているように、私には思われました。偽っていることすら、まったく自覚・認識できなければ、そりゃあ世の中渡るにしても対人関係にしても、「知らぬ（無知）が仏」であるほど生きていくのは容易だなあと思いました。もちろん、心気症になるわけもありません。「私は、善良で正直な人間」、知らずに誰かをひどく傷つけても「このごろ彼（女）、姿をみせないけど、どうしたのかしらねえ」と言ったまま、それ以上気にも留めない……。「自分の為すことや自分の上に起こる事柄について熟慮」（「易と現代」）もしなければ、自省・内省もしない……ゆえに、「私、彼（女）になにかひどいことをしたのじゃないかしら」と、こだわり続けて悶々とすることもない……これは、確かに極楽です。そして、こういうことは、自覚・認識できないでいる——あるいは、できないことにしているのですから、私自身もまた、知らずに似たようなことをしている可能性は、大いにあるのです！

まして、老賢人が最後に付け加えたように、「知らずに罪を犯すのは当人の本性かもしれない」としたら……私の本性がそうではないと言い切れないではありませんか！　なんといっても、知っているようでいて、いちばん知らないのは自分自身のことかもしれないのですから。ここで、ハタと「易と現代」の別な一節が浮かんできました。

「言いかえれば、われわれの意識は、自分が誠実で善意であることを信じて疑わないでいるとしても、無意識は、外見上の誠実や好意の裏に別な内面が隠されていることを、知っているかもしれないのである。」

「自己を知る」なんて、口で言うほどたやすくないと、サーッと血の気が引き、めまいさえ覚えました。だって、ハナノ、これは、見たくない、知りたくない自分自身をも、受け容れたくないような自分自身をも知るということでしょう？「少しばかりの知性」と、ユングがいったのは、知識の豊富さのことではなかったのよ。どんなに知識が豊富な人にでも、「自己自身をどれだけ知っていますか？」、または「知ろうとしていますか？」という問いかけだったように思われてきました。そういえば……ソクラテスも「汝自身を知れ」とか、「無知の知」とか言っていましたよね。私は、カウンセリングでよく言われている「自己受容」なんて、そうそう簡単に口にできないと、痛烈に思いました。私自身がどれだけそれを行えているのか、常に問われることになるのですもの……。易経にたびたび登場する「孚《まこと》」とは、こういうことなのだとわかりましたが…正直言って、またしても「えらいこっちゃ」と思いました。なんという世界に足を踏み入れてしまったのだろう、と畏《おそ》れをなしてしまいそうです。

　けれども、このような世界を知ってしまっては、もはや知らないときには戻れません。内なる声に真摯《しんし》に耳を傾けながら、いのちの不思議、たましいの不思議とでもいうべき深くて広い森の中に、畏敬の念を抱きながら、ゆっくりと分け入らねばなりません。全体としての私自身を知るために、自己の本質とは何かを知るために……。それ無しに私は、他の人びとの本質にも出会えないし、「感情の王国」に近づくことさえできません……。ああ、幽霊やお化けや夜の暗闇を極度に恐れた、あの臆病者の私が！ まったく、「えらいこっちゃ……」です。どうりで私は、初めてのカウンセリング・ワークショップ以来、カウンセラーを目指すことは、保留にしたままでいたのです。

このようなことがわかったからと言って、すぐに面談を行うということは、やっぱりできません。人間のこころは、想像することもできないほど深くて広いのですし、それに関わることが、私の為すべきことなのかまるでわからないでいるのですから。

とにかく、今はまず、水雷屯《すいらいちゅん》の卦辞、「象《しょう》に曰《いわ》く」に示されていたように、「君子をもって経綸《けいりん》す（君子はこの卦にかんがみ、自己の国を治めととのえる）」です。女性には君子などとは言わないそうですが、内なる男性（アニムス）の中には、君子もいるかもしれませんから。

簡単に、と思っていたのですが、またまた長くなってしまって、ごめんなさい。「話したいこと、書きたいことが、たくさんたくさんあるのね。」そう思《おぼ》し召しになって許していただければ、とてもありがたいです。

それでは、またね。
ハナノの世界が、バラの香りにつつまれていますように！

心をこめて

ハコベ。

11　夏の夜の夢

二〇〇〇・七・二五

DEAR、ハナノ

今、あなたはどのあたりを旅しているのでしょうか。ルシファが翼を広げて音もなく飛び回っている地球の中心部までには、まだ達してはいないだろうと想像しています。作家を目指したあなたは、詩人ダンテのように、煉獄《れんごく》のいたるところにいる罪びとの声に耳を傾けているのでしょうか……

「罪びとは幸いなるかな」

少なくとも、彼（女）らは罪を犯したことを知っている……

「天国は彼（女）らのものなればなり」

もしかしたら、もともと宗教というのは、「自己を知ること」に尽きたのかもしれないと、このごろ思います。

四月末、亀山での「ユング」の講座……あのときの老賢人のことばが、耳にこびり付いて離れません。

「知っててやるより、知らないでやる方が罪は重い。」

私にとって、なんとショッキングなひとことだったでしょうか！　罪を犯していることさえ知らない者は、天国には入れないとも受けとれます。

イエスが昔、民衆に石を投げられ、打たれていたひとりの娼婦の前に立ちはだかって、

「罪を犯したことのない者は、この女を打ちなさい」

と、戒めたそうですが……毎日、毎食、他の生命《いのち》を殺して食べなければ生きていけない私たち人間は、すでに、もともと罪びとと言えるのかもしれません。「人間の原罪」というのは、こういうことなのだろうかと、このごろ、しばしば思います。

ふと、山形県のあちこちに祀《まつ》られている、即身仏《そくしんぶつ》（ミイラ）のことが浮かんできました。即身仏《そくしんぶつ》の中には、罪を犯した者もいるとのこと。その罪びとが衆生済度《しゅじょうさいど》を願って、木食《もくじき》をし、続いて断食をして、自《みずか》らの意志で生きたまま土に埋められたと言います。そこに至るまでも「聖なる山（出羽三山）」に籠《こも》って修業を重ねたそうなのです。……なんだか、凄《すさま》じいですよね。

凄じいと言えば、私にとっては『ユング自伝』もそうでした。今、三度目の読みに入っています。きちんと読めているのかどうか、まったく自信はありませんけど、少なくともこの偉大な人物を、「オカルティスト」などというレッテルを貼って、抽斗《ひきだし》に片付けてしまうようなことはしたくないと思っています。

『ユング自伝』は、読みにくいとか、難解だとか言われていて、私はずっと敬遠していましたけれど、読み出したら止まらなくなってしまいました。確かに、代名詞がとても多いので、それが何を指しているのか、何度読んでもわからない、ということもあります。それでも、だいたいの主旨は理解できますし、ユングの人柄というか、人間性は垣間見られます。多分、私が近代合理主義科学技術文明に対して、大いなる疑問を抱いているがゆえに、これほど真摯《しんし》に、「見えない世界」を理解しようと、生涯を賭けたユングその人に興味が尽きないのかもしれません。理解とは、愛と同じことだと、『リトル・トリー』のおばあさんが語っていましたね。ユングは、人間のみならず、「神が浸透する」すべてのものを、石も木も花も動物も、深く深く愛していたことを知りました。とりわけ、自己を知ることを――知識ではなく、時空を超えて受け継がれた深い智慧を、こよなく愛したように思われます。これらを知ろうと、彼は、すべてのものが生じる暗黒の世界を、目に見えない暗闇の世界を、たったひとりで旅しつづけたのです。想像を絶するようなこの取り組みは、私には凄絶としか言いようのないものでした。もしかすると、老賢人もまた、見えない世界を、たったひとりで旅してきたのかもしれません。洞察力の達人とは、はかりしれない闇の中を、感動と畏敬とをもって、勇敢に旅することができる人なのかも知れないと思いました。しかし、その生きざまはどれほど凄じかったことかと思うと、総身があわ立つほどの戦慄を覚えます。

ユングは、精神科医、分析医、心理学者というよりは、私には詩人のように見えるときがあります。この手紙の最初に、どういうわけか、ダンテのことを書きましたけど、詩人は、ある意味では洞察力の達人ではないかと思われます。詩人には、多くの人びとには見えないことが観《み》え、聞こえないことが聴こえ、感じられないことが感じられるようです。古《いにしえ》の吟遊詩人たちは、もしかしたら、英雄伝説だけではなく、聖書にあるような詩篇を口ずさみながら、人びとに「見えない世界」のことを伝え歩いたのではないでしょうか。こんなことを想うと、想像はどんどん膨らんで、私はたちまち数千年の時空を超え、吟遊詩人の歌を聴いている、エジプトやアルジェ、クレタやアテナイの住人になってしまいます。

ユングの講座で、老賢人は、

「ユングは、心理学者というよりは、哲学者だねえ。」

と、おっしゃっていました。私は、なるほど、それもそうだと思いました。『ソフィーの世界』（Y・ゴルデル、NHK出版）を読んだとき、登場人物の謎の哲学者が、

「哲学者は、絶対あり得ないとは、絶対言わない。」

と、言っていました。そういう意味では、ユングもまた哲学者だと思いました。なぜなら、あり得ないような不思議なことに遭遇しても、決して斥けることなくその意味を探究しようとしたのですから。こうしてみると、

「なぜ？　どうして？　と問うのは四歳児だ。」

と、老賢人がおっしゃるのも頷けてきます。でもね、

「その意味は？」

と、訊ねられると、――えっ？……その意味？　私はいつも心でその問いを反芻《はんすう》するだけで、答えられないのですけどね。

私はまた、自伝を読んでいて、解説書を鵜《う》呑《の》みにしていたことにも気づきました。もう一〇年以上も前のことなので、タイトルも著者も忘れてしまいましたが、私はずっとユングは「反キリスト教的であった」と思っていました。しかし、思春期におけるユングの宗教体験とでも言うべき記述に接して、私は、牧師であ

った彼の父親や伯父、教会に来る人びとよりずっと「キリスト教的」だったのではないかと思いました。確かにユングは母親の影響も受けていて、キリスト教が伝わる前の、ヨーロッパにもあったであろう汎神的な宗教観に近いかもしれません。けれども、私は、それだけで、「反キリスト教的」とは、言えないのではなかろうかと思いました。もし、ユングが完全に「反キリスト教的」だったのであれば、『ヨブへの答え』（ユング・みすず書房）は、書かれなかったろうと思ったのです。宗教のことで父親と意見が合わなかったのは、ユングには、

「体験なしで、神の意志を知ってるふりをしている」

と、思われたことによるもののようです。その反面、このことは、別の意味で言えば、ユングが無意識の心理学に取り組むことになった、最も重要な布石の一つであったように思われます。

私には、ユングの宗教観には原初の純粋さがあるように思われます。どういうことかと言うと、例えば……そう、わが家の南向かい、丘の頂上付近に大きな家が建ちましたよね。その家のアンテナに、ほぼ毎朝、一羽のカラスが止まっていてじっと東の方を見ています。いつも同じカラスなのかどうかはわかりません。でも、私には長老のカラスのように見え――実際、とても賢そうなので〝ソクラテス〟と名づけたほどです――、静かに日の出を見守っているように見えます。まるでアメリカインディアンのように。アサオが言うには、日の出前はカラスもスズメも騒がしいけれど、日の出のときには、なぜかしんとしているそうです。また、テレビのある番組を見たときのこと。野生のチンパンジーが、滝に出会ったとき、アフリカの先住民のように、滝の音に合せて踊っていました。私は、滝のそばには、ほとんど不動尊を祀る神社があることを思い出し、滝には、いのちにとって何か根源的なものがあるように思われたものです。いつだったかの「地球生き物紀行」（ＮＨ

K）は、私の心をいっそう惹きつけました。一頭の水牛が、チータかなにかに襲われて、首を噛まれドーッと倒れました。そこへ、仲間の水牛数頭がそれを囲む形をとり、ゆっくりとその輪を縮めながら近づいてきました。猛獣は獲物の水牛に足をかけたまま、食べることもしないで、訝《いぶか》るように、警戒するようにその様子を見ていました。と、突然、猛獣の足下で死んだように動かなかった水牛が、やおら起き上がり、仲間のもとへと走り去ったのでした。

「うっそ！……こんなこともありなんだ！」

私は、信じられないような光景に全身があわ立ってしまいました。仲間の水牛たちは一致協力して猛獣に襲いかかったのではなく、ただ、ゆっくりと近づいて行っただけなのです。念じるのは人間だけではない……そして、その念を感じるのも人間だけではないと、鮮烈な感動を覚えました。あのシーンは……厳《おごそ》かな祈りにも似ていました。私の言う、原初の宗教の純粋さとは、こういうことなのです。

ドストエフスキーは、「人間から宗教性はなくせない」と語ったそうですが、私たちは既成の宗教ではくくれない、何かもっと大きな宇宙精神《スピリット》とでもいうべきものに包まれているような気がします。インディアンはそれを、「グレート・スピリット（偉大なる霊）」と呼んだのでしょうね。私には、ユングは教義を超えた、偉大なる霊を感知していたように思われるのです。

ユングにいっそう惹かれてしまって、ユング漬になっていたせいかどうかはわかりませんが、私は、六月から七月にかけて、たて続けに夢を見ました。一つとして同じ夢はないのですが、共通のファクターがあることを発見しました。いったい何を意味しているのか、一緒に探求してみてくれませんか？

夢・その①

アンズの家のような農家の庭先に、カウンセリングの仲間らしき男性が五、六人いました。よく見知った二人が何か話し合っており、他の人びとは植木を見たり広い敷地を眺めたりしていました。夕暮れどきで、家には明かりが灯《とも》されていました。

私は、まるでかくれん坊でもしているかのように、庭の入り口付近の低い植え込みの中に潜んでいました。根元に背をもたせかけ、膝を抱くように折り曲げて、外の様子を眺めているのです。

アンズのおとうさんかと思《おぼ》しき人が家から出てきて、外にいる人たちを招き入れているらしい様子でしたが、私は植え込みに潜んだままでいました。

そこへ、俳優のトム・クルーズと誰かを足して二で割ったような風貌の彼氏がやってきて、植え込みの中を覗き込み、

「準備、もういいよ」

と、私にニッコリと微笑みかけました。私は、植え込みから這い出し、彼氏と一緒に急いでその場を離れました。

「車の方がいい」と、彼氏。二人は、足早やに私の愛車の方へと向かいました。彼氏が運転するのかと思っていたら、彼は助手席の方に行き、ドアに手をかけました。

——なんだ、私が運転するのか……

と、思いながら車に乗りこみ、急いで出発しました。

あたりはすっかり暗くなっていて、片道二車線の広い道路を、ヘッドライトをつけて走りました。まわりの風

景から、なんとなく岩沼付近を南に向かっているような気がしました。助手席の彼氏は、何か書類のようなものを取り出して、

「急いで書くから」

と言いながら、ボールペンで数ケ所、何か記入しました。そして、書類の一番下に、〝ミチバタ　ハコベ〟と署名しました。——筆跡が違ってもいいのかしら？　ふと、そう思いましたが、私はハンドルを握ったまま、あえて訊ねませんでした。

いつの間にか車が二台、うしろと横に寄りそうように走っていました。中には二、三人ずつ男性が乗っていました。追われている感じはまったくせず、私には彼氏の仲間たちのように思われました。あまり長いこと走らぬうちに、高層ビルが建ち並び、ネオンの光が空に浮かびあがっている街に入りました。そして高層のマンションかホテルのような建て物の前で、車は止まりました。

いつの間にか私は、七、八人の若者たちと共に、両側にドアが並ぶ広い廊下を、半ば駆け足で移動していました。若者たちの中にはアサオもいました。私はトイレを探していたのですが、若者たちも意が通じているかのように、階段を駆け上がっては、次々とトイレを覗きました。でも、使用中でもなく汚れているわけでもないのに、誰も入らないのです。私は、若者たちが何を急いでいるのか、どうして使用待ちの人もいないトイレに入らないのか、まるでわかりませんでしたが、妙だと思いつつ行動を共にしていました。

ついに私たちは、最上階まで昇りつめ、若者の一人が今までより少し大きめのドアを開けました。そこは、透明なガラスの壁で四方が囲まれている、プールのような浴室でした。床にはタイルが敷きつめられていました。

「ここよ！　ここがいいわ！」

アサオと同い齢くらいの女の子が、やっと探し当てたとでもいうように小さく叫ぶと同時に、一同は中に入りました。――トイレは？　と、私は思いました。

四方のガラス貼りの壁からは、街の風景が一望できました。この建物もかなり高いらしく、左手には高層ビル群が、右手には空が見えました。と、どこからか

リリリリーッ

という非常ベルのような音が聞こえてきました。この部屋ではなく、どこか、近いけど別の場所で鳴っているように聞こえました。

若者たちが何事かと色めき立つやいなや、ピンクのVネックセーターに黒の細みのスラックスをはいた、ポニーテールの女の子が、やおら入り口の方に駆け出し……人間技とは思えぬほど高く飛び上がり、天井近くの壁にあった赤いボタンを、手のひらでバシッと叩きました。――あっ!!　それ、ダメ！　違う！　と心で叫んだものの、すでに遅し。天井から、いきなり大量の水がドッと噴き出してきました。

見る見るうちにその部屋は水であふれ、ぐんぐん水位が上がってきました。全員、服を着たまま水に巻かれ、これではまるで水責めだと思いました。――天井に水が届けば、みんな死んでしまう……と、観念しかけたとき、天井から一・五メートルぐらいのところで、水はピタリと止まりました。自動的に止まるようになっていたのかと、大いにほっとしました。おかげでみんな無事で水面に顔を出して浮いていることができました。いったいどうなることかと思っていると、高層ビル群の方から、女性の声でアナウンスしているのが聞こえてきました。何か救援活動を行っているというのです。一人一人名前を読みあげては、無事とか不明とか、どんな救援状況かを逐一報告しています。何が起こったのか、さっぱりわからないけど、水に浮いたままの私たちにはどうしようもありません。

そこへ、空の見えたガラスの壁の向うに、三、四人の若者たちが現われました。ヘリコプターらしき音も影もないのに、彼らはロープも無しに宙に浮いています。その中の一人が、さっき一緒に車に乗って来た彼氏でした。彼は壁の向こうから、水に浮いてるアサオを手招きして、呼びかけました。

「待ってて、必ず助けるから。心配しないで待っててよ。ちゃんと報告して助けに来るから……」

アサオはこっくり頷きました。そして空にいる彼氏は仲間と共に去って行きました。――やっぱり……私の彼氏なわけないよね。若すぎたもの。私は苦笑しました。

間もなく、高層ビル群の方から私やアサオや他の人の名が放送されて、その後、どこかのコマーシャルも流れて……どこでどうなったのか、まるでわからないけど、私たちは全員救出されて……そして私はトイレに駆け込んだところで、目が覚めました。私は、実際、飛び起きてトイレに駆け込みましたよ。

もう一度布団に入って、まっ先に思ったことは、アンズの家らしきところからも、カウンセリング仲間からも身を隠したうえ、彼（女）らを残して行き先不明のまま、若い男にくっついていくとはどういうことか、ということでした。なんとなく、いい感じはしませんでした。だって、ハナノ、アンズやカウンセリングの仲間は、一〇年以上のつきあいなのよ。その友人たちを置き去りにして、映画でしか見たことのない、話したこともない、おまけにハンサムではあるけど私のタイプではない、トム・クルーズによく似た青年にくっついていくなんて、齢甲斐もないと思いませんか？　おまけに、友人たちには隠れて、その青年としめしあわせていたみたいじゃないですか。あまり気分はよくないですよ。でも、不思議だと思ったのは、夢の中の私は、ずっと以前からこの青年を知っている……私の彼氏だと認識していたのです。あとで、アサオのボーイフレンドらしいとわかって、笑ってしまいましたけど。私は、なにやらこの青年こそが何もかも知っている、私の知らないことさえすべて知っているように思われました。——彼は、何者？　薄暗がりの中で、私はつぶやきました。それにしても、突然の出水の意味はなんでしょう？　溺れかけていたのに、無事救出されるなんて……目覚めてたってこんなにうまい話は、なかなか創れるものではありません。

夢・その②

私は、八畳ぐらいの、何もない部屋のほぼ中央に、座布団を敷いて正座していました。その腕には、一本の透明な壜《びん》が懐に抱かれるようにありました。その壜は、そのあたりのどこにでもあるような四合瓶ほどの大きさで、ガラスかプラスチックで出来ているようでした。中には、何も入ってません。
もう一人の私が、壜を持って座布団の上にいる私を見ていました。傍にスギナもいたようでした。もう一人の私は、座布団の上の私を見つめながら、——私は、ここに自分で選んで生まれて来たんだ、と思っていました。私はわかっていました。座布団の上の私が持つ、あのさもない、どこにでもあるような透明の壜が、その目印であることを。

目覚めた私は……——もう、ちょっと、ましな物を持っていたかったなあ、と思いました。例えば、私の大好きな腕環、小さくとも由緒あり気な壷、透明な壜であっても、『ピサへの道』（A・ディネーセン・晶文社）に登場したような香水壜、あるいは小さな灯《ともしび》かロウソク……そんな特別な物を持っていたかったと思いました。その辺の、どこにでも転がっているような、さもない壜に私はいささかがっかりしました。——あ〜ぁ、これが私の分《ぶん》なのか、と思うと同時に、——もしそうなら、仕方がないんだなあ、といった諦めの気持も湧きました。

それにしても、その辺に数多く転がっている壜を目印にして生まれて来たとは……これって目印になるのかしら？　座布団に坐っている私が持っているということで、区別がついたのかしら？　この夢は、いったい何を意味するのでしょう？

夢・その③　二本立て（夢・②の翌日。）

Ⓐ
亡くなった父が、プールサイドのビーチチェアに背をもたれかけて坐っていました。父は、にこにこしながら、数人の人と何か語り合っていました。顔色はとても良く、リウマチだった手足もまったく痛くないようでした。私は、父が生き還ったことを知りました。
父が亡くなってから五年。亡くなった直後、父は病理解剖されていました。その父が、生前そのままの姿で生き還るのは、とても不思議に思えました。でも、私は、父に会えたことが嬉しくて嬉しくて、プールサイドの端から微笑みかけました。父も百万ドルの笑顔で応えてくれました。
少し離れたところに、元・夫もいました。父は、とても楽しそうに話していたのですが……どうしたことか、椅子から少しずつからだが滑り落ちていき、そのままプールの中に、ずりずりと滑り落ちて行きました。プールは、底までゆるやかに傾斜しているので、滑り落ちるのは、まるでスローモーションのようでした。私は、慌ててそばまで行きましたが、すでに父はオフェリアのように、顔もからだも水に覆われていました。元・夫も駆けつけてきて、二人で父を引き上げようとしたのですが、中途半端な傾斜がとてもすべりやすくて、なかなか思うようにいきません。—これでは死んでしまう！　と、あせり出したところ、いつのまにやって来たのか、カスミとアサオがまるで天使が舞い降りるように降って湧き、父の両腕を抱えてプールから引っぱりあげました。

父は、何事もなかったかのように、二人に抱えられながら、ビーチチェアにゆったりと背をもたれかけました。そして、威厳に満ちた風格を漂わせながら、にこやかに何か話していました。

Ⓑ

プールの向こう側に、大きな平家の建物がありました。このプールは前のプールかどうか定かではありません。建物の大広間では、老賢人と共に大勢の人がいて、ワークショップのような感じでした。私もその中にいましたが、トイレに行きたくなったので、そっと座を外《はず》しました。大広間の近くのトイレは長蛇の列をなしていたので、私は渡り廊下を下って行き、本館らしき別の建物の方に行きました。本館の玄関前には、何台もの大型バスが停っていて、次から次へと団体客が玄関に押し寄せていました。あたりは人の群で大混雑でした。私は、トイレを諦めて、元来た渡り廊下を登って行きました。途中、何人もの知り合いに会い、そのたびに挨拶を交しました。私は、大広間には戻らず、たばこでも吸おうかと、建物とプールの間にある中庭に出ました。そこには、高校の同期生らしき三、四人の女性たちと、男性も二人ほどいました。彼（女）らは、白く塗ったガーデン用のテーブルを囲んで談笑していました。私も空いている椅子に腰を降ろし、話に加わりました。私の隣にいた女性は、先日同期会で会ったアロマ・テラピーの仕事をしている人によく似ていました。

この二本立ての夢を見たころ、私は、計画していた九ケ所の整理整頓をすべて終え、父の遺《のこ》して行った松の木の剪定《せんてい》も済ませ、易経との出会いについてのレポートを作成中でした。このレポートは、山形のアソウ先生の勧めで書いてみようとしていたのですが、離婚前の葛藤が思い出されて、なかなか筆が進まないでいました。それで、夢の中に元・夫が登場したのかどうかわかりませんけど、目覚めたとき、――なんでまた……彼が夢に出てくるの？　と、思いました。だって、別れてから一六年も経っているのですもの。

もう一つ特記すべき出来事がありました。生まれて初めて、松の木の剪定《せんてい》なるものをした二日後の夜、レポートを書いていた私の背後で、突然、オルゴールが鳴り出したのです。聞いたことのあるメロディですが、曲の名前は思い出せません。それに、近年は、オルゴールには、触ったこともありません。――はてな？　私は椅子から立ち上がり、正体をつきとめようと探しはじめました。ミニコンポが置かれている隣の部屋にも行きました。スピーカーの上にある、ブリキのヨットのオルゴールが、何年も前に突然鳴り出したことがあったからです。メロディはどんなだったか忘れました。でも、それは沈黙したままでした。それでも、オルゴールの音は背後から聞こえてきます。――……おかしい……私は再び、机が置かれている部屋に戻り耳をそば立てました。音は、机の真うしろにある整理ダンスの方から聞こえてきます。ふと、タンスの上の人形ケースを見ると、前を向かせていたはずの黄色いドレスを着た人形が、後ろ髪を見せているではありませんか！

――？……あっ！　これ……オルゴール人形だったんだ！

二〇年前、両親が北海道旅行に行ったとき、カスミとアサオに一つずつ買ってきてくれた、オルゴール付ピリカ人形だったのです。曲名も思い出しました。アイヌの歌、「ピリカ」です。

黄色いドレスのピリカ人形は、後ろ髪を見せたまま、音階を一つずつ確かめるように、まだ歌っていました。私は、ピリカ人形を手に取り、まじまじと見つめました。そして台と足を兼ねた円形のネジを回してみました。彼女は再びなめらかに歌い出しました。そうです。さっきから聞こえていたのは、この曲でした。

私は、不思議な想いにとらわれていました。なぜなら、約一ケ月前、人形ケースの中を整理したときには、ピリカさんはウンともスンとも言わなかったからです。もちろんそれ以後、誰も触っていません。それどころか、この双児の人形は、もう一〇年以上も前から鳴らされることはなかったのです。一つはネジが空回りし、もう一つはネジの回わし過ぎでびくともしなかったのですから。おまけに、この夜は、からだに感じるような地震さえなく、実に静かでした。——なんだろう？　これ……と、つぶやいたとたん、急に不安がこみあげてきました。二つの人形のうち、どちらがカスミので、どちらがアサオのか、もうまるでわからなくなっていましたが、私は急いで階下に降り、入浴中のアサオに声をかけました。

「アサオ！　大丈夫？」

いきなり何を言ってんのよ、とでも言いたげな、アサオのブッキラ棒な声が返ってきました。

「え？　大丈夫だよお」

その声にいたくほっとし、テレビを見ている母の、いつもと変わらぬ姿に安心し、そして私は、浦安のカスミに電話しました。カスミも普段と変わらぬ元気な様子に、私は大いにほっとしました。カスミにこの一件を話すと、

「吉兆じゃないの？」

という声が返ってきました。——私に似て楽天家だ……と、苦笑してしまいました。

それにしても、どうにも不思議でたまりませんでした。いったいこの現象はどういうことなのか、占ってみよ

うかとさえ思いました。でも、これは非常時ではないのだし、やたらに占うと警告的な卦《か》が出るのも経験済みだったので、ここは一つ、ピリカ人形本人に直接訊ねてみるのが一番だと思いました。大きな瞳の彼女を抱きあげ、私は話しかけました。

「どうしたの？　突然歌い出したりして。私に何か伝えたいことがあるの？」

しばらくすると、彼女はにっこりしながら、

「きれいにしてくれて、ありがとう」

と、言いました……――うーむ、私は唸ってしまいました。人形ケースを整理したのは、一ケ月も前。それに、ガラスに寄りかかっていたこけしを奥にやって、彼女たちに前に来てもらったとき、ちょっとその周辺を拭いただけで完璧にきれいにしたとは思えなかったからです。ふと、二日前に剪定《せんてい》した松の木のお礼かという想いが、脳裡をかすめていきました。この松は、父が亡くなってから、一度も手入れされてなかったのです。退職した私は、松の葉のチクチクがいやだという母の代りに、鳥の巣状態になっていた枝を、無慈悲にもバサバサと伐《き》り落としたのです。完全装備で、ノコギリ片手に、どこをどう伐《き》ったらよいのかもわからず、――えーい！　松の木に聞きながらやればよいのだ！　と、自分を激励しながら作業したのでした。ところが、初めてにしてはなかなかの出来映えで、――うん！　これで松に風が似合うようになった！　と、自己満足していました。そんなことに想いを馳せていると、このオルゴール事件は、なにかしら父と関連しているように思われました。なにかこう……気が集まっているような……

そのとき、ふと、別の想いが浮かび上がってきました。ユングのポルターガイスト体験……そういうときは、（幽）霊が集まってきてるらしいとか。また、敏感な思春期の人の周囲で、このような現象が起こりやすいとか

……子どもの頃は、そういう話にひどく怖がったものでしたが、今は怖くありません。それでも畏怖すべき者たちが集まっている気配に、背筋がゾクッとし……そして、ちょっとワクワクしました。

その四日後だったのです。父の夢を見たのは。父は——何か伝えたいことがあったのでしょうか。

夢・その④（夢③の二週間後）

私は、波の打ち寄せる浜辺にいました。地元の人がたくさんいて、何かイベントかお祭のようでした。私もスギナと一緒に参加していました。

地元の女性が近づいてきて、私に何か話しかけました。そして、私に儀式のようなことを施しました。それは、女性にもかかわらず、男性のような行為でしたが、よく覚えていません。彼女は、女優のウーピー・ゴールドバーグにとてもよく似ていました。

その後、私は、一つのゲームに参加しました。スギナは、いつの間にか私の視界から消えていました。私は周囲の人に勧められるまま、浜辺に積み上げられていた色とりどりの小石を、できるだけ多く両手でつかみ、海の中に放り投げました。海の中といっても、膝ぐらいまでしかない浅瀬です。透き徹って、とてもきれいな水でした。浅瀬の底の小石も、放り投げられた小石も、色とりどりに輝いていました。このゲームは、自分の投げた小石が集まっている浅瀬の底を、足で掘って、そこにある貝を拾い、数を競うというものでした。私は一回ではまぐりに似た大きな二枚貝を、五、六ケ拾いました。三回投げることになっていたようですが、その後、小石を投げたかどうか定かでありません。拾った貝のうち、半分が奇形でした。貝殻も中身も形が歪んでいるのです。——

こんなにきれいな海でも、環境ホルモンに汚染されているのかしら？　と、少し暗い気持になりました。

催し物がすべて終わり、参加者全員は、浜辺に建っていた小屋に入りました。小屋と言っても、それはまるで三内丸山にある大きな竪穴式住居のようでした。小屋の中で、女性たちは薪で火を焚き、大きな鍋に、ゲームで獲れた貝や、ひらめやすずきのような大きな魚を入れて、グツグツと煮始めました。鍋がバケツのように縦長だったのが印象的でした。まだ湯気も立たないうちから、煮あがるのが待ち通しくて、私は涎《よだれ》が出そうでした。

男たちは、小屋の奥に集まっていて、何か話し合っているようでした。鍋の物が食べられるようになるまで、しばらく時間がかかりそうだったので、その間に用事を片づけておこうと、私はそっと小屋を抜け出しました。そして私は、愛車に乗り、一担、家に戻りました。家は、海を挟んで、浜辺の向こう岸です。浜辺から、丘の中腹に建つ私の家が見えました。浜辺は借りている駐車場付近の風景とそっくりでした。

もう一度浜辺に戻って来たとき、東の空が言葉には言い尽くせぬような暖色系の色を重ねて光っていました。

——ああ、夜が明けそう、と、思いました。

小屋に入ったら、男たちも火の周りに集まっていて……鍋の御馳走はすでに全部無くなっていました。——バッカだなあ、ハコベは……食べてから行けば良かったのに……と、実に残念でたまりませんでした。

突然、音楽が鳴り出したかと思うと、自然に五、六人のグループができて、男女混合の踊りが始まりました。全員参加らしいのですが、私はまごまごしているうちに、一人だけ取り残されてしまいました。一人の女性が踊りながら、「あちらよ」と言うように顎で合図しました。一人の青年に三人の女性のグループです。一人足りないのかと思い、私はそのグループに加わりました。青年は背が高く、がっちりしていて、眉が太く精悍な風貌でした。縄文人かアイヌのような服装をしていました。浜辺でも女性たちに囲まれていた青年でした。ちょっと、私のタイプです。浮き浮きして踊りに加わったのも束の間、あっという間に終ってしまいました。——惜しい！　私たちは、再び浜辺に出ました。もうだいぶ明るくなってきました。これでお開きかと思っていたところに、ウーピーに似た女性がやってきました。そして私の耳に何かささやきかけました。

気がつくと私は井桁《いげた》を積み重ねたような板の上に、仰向けに寝かされていました。ウーピーが何かつぶやきながら、消毒薬のイソジンに似た色と匂いのするものを、私のヴァギナに塗り、舐め始めました。私は次第に力が抜けてきて、恍惚としてきました。彼女は再びぶつぶつと言いながら、ゆっくりと、接吻するほど真近にその顔を近づけてきました。ウーピーの口の端には、茶色い液が付いています。ふと、まずくないんだろうか、と思いましたが、私はいっそうぐったりしていました。ウーピーは三度つぶやいて、最初の動作を繰り返しました。私は次第に呼吸が荒くなり、絶頂に達しそうになりました。

すると、ウーピーはその場からゆっくり遠ざかり、代りに三、四人の男たちの姿が見えました。一人が静かに近づいてきます。——犯される！　と、思った私は逃げようとしましたが、からだは石のように動きません。見知らぬ男たちに犯されるのはいや！　と、声にならない声で叫んだ瞬間、突然、頭の方の戸がサーッと開きました、と同時に、バッ！　と目を覚ましました。

一瞬、母か、あるいは誰かが、私の頭の方にある、すりガラスの格子戸を開けたのかと思いました。でも、このところずっと暑かったので、戸は開け放たれたままであったことに気づきました。もちろん、部屋の中にも廊下にも誰もいません。時計の針は、午前二時ちょうどを指していました。すごく怖くて、心臓の音が聞こえるかと思うほどドッキン、ドッキンと脈打っていました。——な、なんだ？　この夢……非常に現実的な夢は、幽霊が来ていることもあるとか。ドキドキはなかなか止みません。あたりはしんと静まりかえっています。

——最後のシーンは、イニシエーション？　聖なる結婚、ヒエロス・ガモス、古代の結合の儀式？『女性の神秘』に書かれていたっけ。生命力のある男子の子を生む？　選ばれた男たち、一度に四人？　生命力のある精子との受精？　これは……五二歳になる今の私に、いったい何を意味しているんだろう？　ウーピーは……呪術師、メディスン・ウーマン？　あの女優にはそういう雰囲気がある……などなど、私はうつらうつらした意識の中で、思いめぐらしました。怖くて、布団の中でしばらく動けないでいましたが、トイレに行って、もうひと眠りしようかと、廊下に一歩、足を踏み出したとき、あっと息を呑みました。

常ならぬ異様な光景があたりを圧倒していたのです。私は一瞬、自分がどこにいるのかわからなくなりました。座敷と廊下の間の敷居が、結界ではないかとさえ思いました。漆黒の宇宙空間に、やけにまぶしいオレンジ色の光が、妙にはっきりした形を描いて、壁や床に貼り付いていたのです。——なに、これ？　私は寝呆けまなこをこすり、もう一度、この異様な光景をまじまじと眺めまわしました。

テラスの格子やロッキングチェアの影が、まっ黒いマジックインキできれいに塗りつぶされたように、くっきり、はっきり床や壁に描かれていました。その影と影の間に、オレンジ色のまばゆい光が、はっきりした輪隔を描いて貼り付いているのです。満月の夜でさえ、光と影とを、こんなにくっきりと分けることはありません。

「なんで?」

私は、再びあたりを見廻しました。開け放たれた西の窓から、やけに強い光が射し込んでいます。——いったいこの強烈な光はなんだろう?。と、窓から顔を出した私は、ようやくパッチリ目が覚めました。

お隣の縁側の屋根に取り付けられた大きな電球が、三軒四方を煌々《こうこう》と照らしていたのです。このオレンジ色の光を浴び、家も植木も黒々とした影を落として、あたりはさながら、闇に浮かぶ無人の舞台のようでした。私は、桟敷席《さじき》にいて、暗転する直前の『真夏の夜の夢』を見ているのかとさえ思いました。

就寝時、この強いオレンジ色の光にはまったく気づきませんでした。それとも一一時頃には、まだ電気が灯《とも》されていなかったのだろうか、と思いました。——どなたか急に具合が悪くなって、家族全員、病院に行ったのかしら？　それとも、みんなで旅行？　それなら、それで安心なのだけれど……なんでまた、今夜に限ってこんなに明るくしているの？

今度は、お隣の家人が気にかかり、三〇分以上も眠れませんでした。——早朝五時起き、六時には畑へ行くというのに、なんてことだ！　と、思いました。

案の定、六時ギリギリに目を覚まし、朝食抜きで畑に行くことになりました。畑で汗だくになり、帰宅後シャワーを浴びたら目を開けていられない状態になってしまった私は、敷きっ放しの布団になだれ込むように寝入ってしまいました。そして、またしても夢を見たのです。

夢・その⑤

私は、車で田舎道を走っていました。私が運転していたかどうか定かでありません。でも、他には誰もいなかったような気がします。私は、左座席にいて窓外の景色をながめていて、運転している感覚はまるでありませんでした。

道は余裕のある片道一車線で、片側は山、もう片側は狭い田畑、その向こうには川が流れているようでした。

私は、どのあたりを走っているのかということよりも、せっせと行き交う大型トラックの方に気をとられがちでした。普通の大型トラックも走っているのですが、とても奇妙なトラックにちょくちょく出会うのです。どこが奇妙かというと、あのキラキラ、ビカビカのデコレーションの代りに、運転台の屋根に造り物のゾウさんが、デンと坐っているのです。明るいブルーやピンクやグリーンのゾウさんを屋根に載せている大型トラック。いったい、どこの運送屋か、はたまたなんの工事用なのか、謎、謎、謎で、すれちがうたびに私は、ポカッと口を開けて、見とれてしまうのでした。

そのうち、どこか運動場のような、広い場所に到着しました。大勢の人が集まっていて、中には外国の人も何人かいました。顔見知りの何人かと言葉を交していているうちに、何か用事を仰せ付かり、一人のハンサムな、イタリア系と思われる青年と一緒に、再び出発することになりました。青年は、あまり背は高くなく、華奢な感じで、髪は黒く、ふさふさしていました。

広場を出た車は、元来た道を戻るように走りました。その道では、相変わらず大型トラックが行き交い、普通車にはたまにしか出会わず、そしてあのゾウさんトラックにちょくちょく出会いました。その中にホル

スタイン模様のゾウさんもいて、実に不思議な光景でした。コンビニの前には、ピンクのゾウさんトラックが停っていたりしました。私は呆けたようにそれらのトラックに見とれてばかりいました。――不思議だあ……実に面白い！　同乗者のことは、どこかで意識していたようですが、私はゾウさんトラックにすっかり心を奪われていて、二人はひとこともしゃべらず、車は走り続けていました。

突然、右隣に座っていた青年が声をかけてきました。

"How are you?"

私はなんと答えてよいのやら、すっかりうろたえてしまいました。――さっき挨拶しなかったろうか？　沈黙が長すぎて居心地悪い思いをさせてしまったか？　英語では、なんと返事すればよいのか？　一瞬のうちにいろんな想いが交差しました。ようやく英語での挨拶を思い出した私は、緊張して答えました。

"I'm fine thank you,and How are you?"

すると、彼は大いに愉快そうに、声をあげて笑いました。

私は、**"How do you do?"**だったかと、恥ずかしくなり、うつむいてしまいました。彼は、カタコトの日本語で、それでは丁寧すぎてよそよそしい、というようなことを言いました。私はいたくほっとして、互いに英語と日本語のチャンポンで話し始めました。それでも結構互いの意が通じ合い、ずっと話し続けました。楽しそうで、感じの良い青年でした。おまけに私好みのハンサムときては、道中も楽しくなるというものです。こうして車は走り続け、田んぼ三、四枚の向こうに静かな住宅街が見えるところで、停まりました。私だけ車から降り、田んぼを前にした一軒の家へ向かいました。――帰って来てるかしら？　と思いながら、私は家の前を二回ほど往復しました。留守らしい様子に、車に戻ろうと踵《きびす》を返すと、

「ハコベさーん！」

と、うしろから私を呼ぶ声がしました。振り返ると、ムクゲさんが屋根の上にいて、手を振っています。――あっ、やっぱり帰って来てた！　私は小走りに戻って屋根の上のムクゲさんに呼びかけました。

「こんにちは！　ムクゲさん。」

彼女は、ずっと一階の屋根にいたようなのですが、二階部分の陰の方にいたらしく、私には最初、見えなかったようだと思いました。――屋根のペンキ塗り？　人に頼まずに？　珍しい……と、思いました。

「今、降りて行くからあ……」

彼女は屋根の上を歩きながら、そう言いました。危なっかしくて、とても見ていられません。

「あ、急がなくていい、急がなくていいから……」

私は路上から彼女を追うようにして、声をかけました。そして、急き込むように続けました。

「あなたに会いたいという人を連れてきたの。あなたもすごく会いたがっていた人よ。わかる？　誰か……ゆっくり降りて来ていいからねー。」

私は振り返りつつ、車に戻り、ドアを開けようとしたところで目が覚めました。

布団を上げながら私は、この夢に可笑しさがこみあげて、クスッと笑いました。それにしても、同じ日に、怖い夢と笑える夢を見るとは、どうなっていたんでしょうね。思えばこの一ケ月間の夢は、なんだかとても現実離れしています。もし、ユングの言うように、夢が現実の補償ならば、目覚めているときの生活があまりにも現実的・実際的だったので、非現実的な夢を見ることで補償されているということでしょうか？　ふり返ってみれば、確かに私は、実際的な暮しをしていたように思われます。働いていることを理由に、ごちゃごちゃのままにしていた押し入れやタンスを整理し、伐《き》ったことのない植木を剪《か》り、レポートを書いて、そのあい間に畑にタネを蒔きに出かけ、家事もこなしたうえ、登山したり、博物館にも出かけたりしていたのですから。この日も、マンホールの掃除をしたあと、夕方には螢を見にアンズの家へと出かけることになっていました。為すべきことというのがいまいちハッキリしないとは思いつつ、日常の為すべきことはしていたと思うのです。だからと言って、すべての夢が現実の補償のみではないのじゃなかろうか、と私にはどうしても、それだけで片付ける気にはなれませんでした。夢ノートには、④⑤の夢について、次のように書いています。


「④　近ごろは、海に行くより、山に行く方が多い。海にも行ってみたい？　無意識さん。『夢とフォーミング』によれば、浜辺は、意識と無意識の境界をも意味しているという。私はその境界にいるのだろうか？　そういえば……廊下に出る所の敷居は、結界かと思ったんだ……御馳走を食べそこなったのは、〝養いの道（㉗山雷《さんらい》頤《い》（☶☳）〟が不十分ということかしら？　あれは、実に美味しそうだったのに、肝心なところで家に戻ったということは、せっかく、退職したのに気持はまだ退職していないのかしら？　ウーピーはなんだったのだろう？やはりメディスン・ウーマンの匂いがする。この夢は、ちょっとどころではなく怖かったけど、なんとなく〝聖なるもの〟の匂いがする……。祭、踊り、会食、井桁《いげた》の上の生《い》け贄《にえ》（私）。

〝自分自身を聖霊に捧げよ〟ということ？

人身御供《ひとみごくう》……うーむ、これは……とんでもなくたいへんなことだよ。私のしたいことをするなどということではないのだもの。したいことばかりしているので、無意識さんが、ほんとうの為すべきことを示しているのかしら？

⑤　異質のもの、見慣れぬものが登場している。

・造り物のゾウさんを運転台の屋根に乗せたトラック。
・外国人の青年（見知らぬ人という意味では、①④も）
・屋根の上のムクゲさん。

えっ？　屋根の上？　これは、何を象徴しているのかしら。

一つわかったことは、自然に生じて来る見慣れぬ者には、まず〝こんにちは！〟と挨拶することだ、はっきりとね。ごめんなさい、イタリア系の青年よ。あなたは、それを教えてくれたのね。〈これは、フォーカシングの方法の一つです。はっきりしないからだの感じや感覚、夢に焦点をあわせていると、いつもではありませんが、何かが現われます。現われたら、まず挨拶するのです。現実界でもそうでしょ？　面白いですよね〉

それにしても、無意識と関わる、あるいは三千人の自己と関わるなんて、口で言うほどたやすくない。私は、ずっと戸惑いがちですよ。無意識の世界は、いつでも受け容れ準備ができているようなムードだけど……なにやら親し気に接近してくる感じだけど、私の方がまだ、受け容れ準備さえできてないようだ……異世界の住人は、この私？」

ところで、これら五つの夢の共通のファクターについてですが、全部に共通するというわけではなく、必ずどの夢かに表われたものというと、大雑把に分けて、次の四つになるのではないかと思います。

1　水

○　長方形の風呂。突然の出水。（夢①）
○　プール。（夢③）
○　浜辺、海。（夢④）
○　緊急時に、水を入れておくのに、ちょうどよいとでも言いたげな、持つのにてごろな壜。（夢②）

ここから、次の二つがイメージされました。
☆　生命の水（その水を貯めておく壜、風呂、プール、海……）
☆　洗礼（頭から水をかぶる。生き還った父が顔まで水に浸る。）

洗礼って、現在、教会で行われているような、神父さまが器の水を、額にピチャピチャ付けてくれるのではなくて、もともとは、頭まで水の中に沈ませたと、何かで読んだことがあります。古代においては一度死んで、生まれ変わるという意味の、「死と再生の儀式」だったそうです。

ふと、禅宗の『十牛図《じゅうぎゅうず》』（山田無文の講演録・禅文化研究所）をテーマにしたワークショップを思い出しました。

第五図「牧牛《ぼくぎゅう》（牛を飼いならす）」のところで、老賢人が次のようにおっしゃったのです。

「大死一番《たいしいちばん》を何度もやる。」

「えーっ!!　何度もやるんですかあ?」

と、私はすっかり驚いたものでした。「大死一番」と言ったら、ハナノ、ただでさえ命懸けの大仕事なのに、何度もやるなんて命がいくつあっても足りないじゃないですか。でも、テキストをもう一度読んでみて、この第五図「牧牛《ぼくぎゅう》」は、ターニングポイントとでも言いましょうか……どうも、「似て非なるもの」の方に行ってしまうかどうかの岐《わか》れ道のようだと思いました。言葉少ない老賢人の話を私なりに総合すると、この第五図は、自他共に認められて、もうここで完成したと思いこむ危険性が一番あるところなのだそうです。十番目の「入鄽垂手《にってんすいしゅ》(民衆の中に溶けこみ、救いの手を垂れる)」まで、あと五つも残っているのにね。おっと脱線しそう……『十牛図』はこれくらいにして、えーと、なんでしたっけ?、あ、そうそう、「死と再生の儀式」。これには、どんな意味がこめられていたのでしょうね。

今のところ、私には、「今までの自分自身」から「新しい自分自身」に変換されるという意味に思われます。死は終りと受け取られがちですが、終り・完成は始まりでもあります。『易経』が既済《きせい》という完成美で終らず、流転止まずの始まりの卦《か》、未済《びせい》で終るというのは、このような意味であり、そしてこれは、自然の理《ことわり》なのでしょう。夢①は特に、「洗礼」・「死と再生」がイメージされます。夢②についても、そのような意味で読み解けば、非常時には、命をつなぐ「水」を入れておく容器にも使えるわけで、何かしらとても重要な意味があるように思われてきました。そして、多くの人が目もくれないようなものであろうとも、それを人間がどう活用するのか、ということも問いかけているような気がしてきました。それは、誰も価値をおかないようなもの(こと)に、何か大切なものが潜んでいますよ、というメッセージでもあると思われます。

2、見知らぬ青年

○ トム・クルーズに似た青年（夢①）
○ 縄文人かアイヌの服装の青年（夢④）
○ イタリア系の青年（夢⑤）
○ 二〇代前半の若者たち（夢①）

どの青年も、私にとっては異質というか、異文化系の青年です。若者たちもまた、私たち中高年にとっては異文化系ですよね。

フロイト式に分析すれば、性的欲求不満——特に夢④——とか、今は特定の彼氏がいないから、彼氏を欲しがっていると見られるかもしれません。けれども、これは、ニュートン以来の古典物理学に基づいた、原因・結果という因果律による考え方であって、私には、それだけでは片付かない重要な意味があるように思えます。ふと、ユングの重要な概念の「元型」の一つ、「永遠の少年」——死と再生を繰り返す象徴的な型《かたち》。太陽、季節のイメージ——が浮かんできましたが、私にはすっきりしませんでした。それよりもむしろ、「内なる男性」——アニムス——という方が、まだ頷《うなず》けます。なんとなく、私の内には、まだ知らない男性もいるような気がしています。もしかすると、それは、今までとは異質な何かを伝えようとしているのかもしれません。共通しているのは、とても好意的だということです。やはり、親切・心切にも何かを伝えようとしているように思われてなりません。

3、メディスン・ウーマン的女性

○ 女優、ウーピー・ゴールドバーグに似た地元の女性。（夢④）

○ アロマ・テラピーの仕事をしている同期生。（夢③）

○ 元・牧師のムクゲさん。（夢⑤）

『ネイティブ・マインド』（北山耕平・地湧社）に、メディスン・マンと呼ばれる、男性のシャーマン的なインディアンが登場していましたね。夢④のウーピーは、まさにシャーマン的です。彼女が出演した映画「ゴースト」では、霊感が無いと思いこんでいた占い師を演じていましたが、なかなかぴったりの役でした。これらシャーマン的な女性の意味は、もう一つのファクターとあわせて考えてみようと思います。

4、老人

○ 亡くなった父（夢③A）

○ 老賢人（夢③B）

「老人」も、ユング心理学では元型の一つです。私にとって老人は、賢者や大人《たいじん》とイメージが重なります。ついでに言うと、松の木も同種のイメージです。吉川英治の『三国志』を読んで以来、このイメージはいっそう強いものになりました。老人には、何か耳を傾けなければいけない感じがします。産婆さんのような老婆もまた、このイメージが呼び覚まされます。そういえば、産婆さんもメディスン・ウーマン的ですよね。

これら四つのファクターを見ると、なにかこう、通過儀礼《イニシエーション》の匂いと未知の世界へのいざないが感じられます。夢④は、まさに儀式的でしたね。定年前退職という、人生の大転換期にこのような夢を見るとは、単なる偶然にしては、あまりにも出来過ぎてる感じがしますけど、それだけに、私には非常に重要な意味があると思われてしかたがありません。

古代には、さまざまな通過儀礼《イニシエーション》があったそうですが、現代は形だけでその意味が失われてしまいました。儀式には、長老とメディスン・ウーマンと水とは、欠くことができなかったように思われます。青年や若者たちが登場するのも、世界各地の神話に登場する穀物神の少年を思い起こさせます。他にも、木、火、歌、踊り、食事を共にするなどは、儀式と非常に関連深いように思われます。洗礼ももちろん！　こうして見ると、これら一連の夢は、現代では失われた通過儀礼《イニシエーション》を、夢が代りにしてくれたのだという感じが強くなってきます。

これらの他に、気づいたことが二つほどあります。一つは、大勢の人が登場すること。三人だけだったのは、夢②だけです。こんなに大勢の人が登場する夢は、あまり見た記憶がありません。もう一つは、車での移動が多いこと。今年一月の夢では、新しい自分の車を見つけられずウロウロしていましたが、いよいよ動き出したか、という感じです。ただ夢⑤は、誰が運転していたのか、車は愛車ヴィッツだったかどうか、まるでわかりません。それに注意を払わぬほど、ゾウさんトラックに見とれていたようです。注意を払わぬことところに問題がありそうでしょうか……。現実では、何に気をとられているのか。ユングと易経……フフフ、これはできすぎの答えですね。でも……こういうことに気を取られているというのは、生活感のない頭デッカチということなのかしら、とも思います。確かに、コメントを付けながらの、『ユング自伝』の抜粋記録も、「易経との出会い」のレポートも夢中になるほど楽しみましたが、食事作りも楽しんでたし、洗濯もマメだったし、畑にも通ったし、注意を払ってないことっていったいなんだろうと思いました。もしや、もしや、ほんとうにしなくちゃいけないことに注意を払っていないとか……？　うーむ、それは、いったい何かしら？　まだ、もの珍しい、目に見えることに気を取られているようですよね。

わが研究会の会長であるヒラコウジ先生のガイドで、これらの夢にフォーカシングというのも面白そうですね。

とても長くなってしまいましたが、私はとても楽しかった！　ハナノも飽きずに楽しんでくれたら、嬉しいです。そして、これらの夢を、ハナノはどう読んだか、御意見、御感想を聞かせてもらえれば、なお嬉しいです。

あさってから、八戸《はちのへ》でのワークショップです。昨年、八戸《はちのへ》の方々と約束したので行ってきます。旅の無事を祈ってて下さいね。ハナノの旅の無事も祈ってます。

ルシファに会ったら、声をかけてはだめよ。ダンテのように、そぉーっと通りすぎるのよ。心で敬意を表しながら。かの者もまた、大いなる秘密の一部なのだから……。

それでは、またね。

心をこめて

ハコベより。

12 綿打《わたう》ち弓

二〇〇〇・九・三

ハナノ、

この暑くて長～い夏を、いかがお過ごしでしょうか？　ぐ～ったり、ごろごろしていませんか？　紫陽花《あじさい》は、きれいに咲く機会を逸したまま、ついに秋を迎えそうです。私も、今までの経験をふり返れば、こんなに暑さが続いたら、とっくの昔にぐったりしていたことでしょう。ところが、今年は不思議なことにぐったりしそうな気配もありません。夏には必ず足の裏がモヤモヤとした熱気をおび、夜毎《よごと》、エア・サロンパスのお世話になっていたのに、今年はまだ一度もお世話になっていません。妙だ、と思っていたのですが、先日、ハタッと思い当りました。クーラーの効いた建物を出、ヒート・アイランドを歩き、クーラーの効いたバスに乗って、サウナのような熱気の籠《こも》る私の部屋に入るということがないのだ、と。なるほど、「暑さのときは、暑さに居るがよろし」とは、こういうことなんだと、身をもって体験したのでありました。

暑さ衰える気配すら微塵《みじん》もない八月末、「ガンジー」の講座に参加するため、亀山に行ってきました。初め、私はこの講座に参加する予定はまったくありませんでした。行くことになったキッカケは、カウンセリングの先輩であるフョウさんに昼食を御馳走になったときでした。

「ガンジーの講座には、いらっしゃるの?」

と、にこやかに訊ねたフョウさんに、私は、費用をストックしてなかったので行かないと答えました。そして、

「フョウさんは行くの?」

と、訊ねたのでした。

「いいえ……行けないのよ」

彼女は少し寂し気な笑みを浮べて言いました。そのときのガッカリしたような、切な気な瞳と、遠くを見つめるような視線が、グッと私の心に突き当たったのです。静かな沈黙が流れ、私は思い切って口を開きました。

「フョウさん……私に行ってほしいの?」

「ええ! ぜひ、行って欲しいのよ。」

彼女は万感の想いをこめたように言いながら、ひたと私を見つめました。私の心は風に揺れる草原のようになり……結局、費用を捻出して、参加することにしたのです。亀山には、そうそう行けないメンバーも、どんな学習をしているのか、知りたい気持でいっぱいなのだと思いましたから。

そうして出かけて行った講座は、到着早々から驚きの連続でした。駅まで迎えに来てくれた山荘のワゴン車に乗り込むやいなや、運転席のツユコさんから、

「トモダ先生、イトウ先生のお通夜の席で倒れられて、救急車で病院に運ばれ、今、入院中なんです。」

と、聞かされました。私はびっくり仰天してしまい、えっ！　と、思わず叫んでしまいました。

日本カウンセリング・センターの草創期（昭三四年）、共に御尽力下さった先生方の中で、老賢人より一歳お若いイトウ先生の訃報《ふほう》に接したとき、老賢人の御心痛はいかばかりかと案じていた矢先のことでした。夏の全国ワークショップ前から多忙をきわめていらした老賢人にとっては、追い打ちをかけられたような感じではなかったかと、思いやられました。そんな気遣いとは裏腹に、バカな私は、この夏のワーク直前に、老賢人が、

「もうこれ以上は生存に関わる!!」

と、おっしゃられたほど多忙でいらっしゃったことにも思いやれず、まったく余計な仕事まで持ち込んでしまっていたのです。このため、私は、八戸《はちのへ》のワークでお目にかかれるまで、すっかりしょげかえり、ずっと落ちこんでいました。それでも、とにもかくにも、八戸、札幌、大分、亀山のワークも無事終了した御様子に、ほっと胸を撫でおろしていたのでした。そんなとき、老賢人も倒れてしまったということを聞き、私は、自分のせいだと暗澹《あんたん》たる思いに苛《さいな》まれてしまったのです。

幸い、老賢人は、三度目の命拾いをなさったとのことで、いくらか安心したものの、自責の念は、容易に消えませんでした。

それにしても不思議なのは、こんなことになっているとは露知らず、この日、私の手作りのお守りを持っていったのは……なんだったのでしょう？　このお守りは、お詫びの印と老賢人の御健康・長寿を願って、めったに

針など持たない私が、一針一針縫ったものでした。入院中の老賢人に届けていただけるよう、タイボクさんにお願いすることができました。

講座の方も、今回は珍しくもう一人、講師の方がいらっしゃることになっていたので、中止にならずに済みました。こうして、始まりから老賢人不在の講座が開かれたわけですが、これは、この一三年間、私の知る限りでは前代未聞のことでした。

私にとって前代未聞の驚くべきことは、講座中にも起こりました。なんと、私は、海外に行かずして、すごいカルチャー・ショックを受けてしまったのです。まさかこんなことが起こるとは、予想だにしていませんでした。

もう一人の講師は、『ガンジー自立の思想』(地湧社)の編者、タハタ氏でした。現在、南房総半島の鴨川で和《わ》棉《めん》農園を営まれていらっしゃるそうです。参加者の一人のつてで、夏の講座のために、車で四〇分かけて亀山まででいらして下さいました。綿を植え、収穫し、その綿で糸を紡いだり、布を織ったりするワークショップも行っていらっしゃるそうです。糸を紡ぐのは、独楽《こま》の他にガンジーが持ち歩いていたのと同じチャルカも使うとのことでした。

案の定、研修室には、プランターに植えられた綿の木と共に、いろいろな道具も運び込まれました。全部、初めて見る道具で、何に使うのか私には見当もつきませんでした。それらの中に、ひときわ、目を引く道具がありました。長さ一五〇センチぐらいの木に、一本の太い線が張られているもので、私の身長よりやや短かい感じです。

「あら、あの琴みたいなものは何かしら?」

好奇心がムラムラ~ッと湧きあがり、私は早速そばに行ってみました。木は、すべすべしていて、持ち上げてみたところ、一・五~二キロぐらいの重さに感じられました。太い線を弾《はじ》いてみると、ビョ~ン、ビョ~ンと音がします。周りに集まって来た参加者も、口ぐちに言いました。

「竪琴みたい……」

「一弦琴みたい……。何に使うのかしら?」

最高年齢七四歳の方にもわからないらしいのです。

道具をすべて出し終えて、講師のタハタ氏は、

「これは、摘み採った綿です。」

と、言いながら一人一人にそれを手渡していきました。これに触れた私は、はてな? と思いました。綿の中に、なんだか硬いものが入っているのです。ふわふわの綿をかきわけて……

「えーっ!! これ、タネ?」

と、思わず声を発してしまいました。摘み採った綿の中に、キンカンのタネほどもある大きなタネが、六、七ケも入っているとは!! 恥ずかしながら、都会っ子の私はこの齢になるまで、綿のタネが綿の中に包まれているとは、ただの一度も想像したことがありませんでした。ええ、「オールド・ブラック・ジョー」の歌は知っていても、『風と共に去りぬ』を読んでいてもです!

「へえ……タネがあるんだ……」

私は、新発見に、すっかり感激してしまいました。

このタネを取らないと、糸にできないと言うので、取ろうとしました。ところが、これがなかなか……綿の繊維がピッチリとタネにへばり付いていて、思うように取れてくれません。このタネを取るのが綿繰《わたく》り器という道具で、昭和二八年頃、叔母さんの家にあった洗濯機の脱水ローラーを小さくしたようなものでした。高さ三〇セ

ンチ、幅二〇センチぐらい。ローラーに取り付けられたハンドルを右手で回しながら、タネの入っている綿を繊維の方から少しずつ、ローラーとローラーの間に入れてやると、タネと繊維をきれいに分けてくれるのです。

その繊維は、そのままでは糸にしにくいので、繊維を揃えるために、おろし金の二倍くらいある道具で、すくうです。これはインドやパキスタンで使ったのだそうです。日本では、逆に繊維をバラバラにするのだそうです。この方がふんわりするんですって。お布団もこうして打ち直すと、ふんわりふかふかするそうです。その道具が、私の好奇心を刺激した「琴のようなもの」で、「綿打《わたう》ち弓」と呼ばれているそうです。なるほど、そう言われれば弓にも似ています。

タハタ氏は、床の上に敷かれた茣蓙《ござ》に、タネを取った綿の繊維を集めました。そして、

「すみませんが、扇風機を止めて、窓も閉めてもらえないでしょうか？　ほんの少しの風でも飛んでしまうんですよ。」

と言いながら、綿打ち弓を左手に持ちました。右手には木製の槌《つち》を握り、身をかがめ、綿打《わたう》ち弓を床とほぼ水平にし、弦が綿に当るようにして、槌《つち》で弓を弾《はじ》きました。

これを見た瞬間、私は心の中で、えーっ!!　と、叫んだきり、言葉を失ってしまいました。綿打ちを実際にして見せてくれた時間は、たったの四、五分だったと思うのですが、私の内ではその間に、数千年の時が一気に駆けめぐり、弓道の粛々《しゅくしゅく》とした静寂が重なり、月山から見えた山々と空と海、森や島々が広がり、羽黒山の千年杉と五重塔が浮び、即身仏になった罪びとの想いが交差し、琵琶《びわ》法師の平家物語やら何やらが、いっしょくたになだれ込んでしまったのです。

労働は神事だったんだ！　と、電光のようにひらめき、ニーチェが言った「神は死んだ」は、実は、私（たち）

が「神を殺したのだ！」ということが、稲妻となって私を直撃しました。

ああ、臨済《りんざい》！「日常茶飯で事足りる」と言ったのは、こういうことだったんだ！　日常茶飯、すべて神事となっていれば十分！　もう「至れり尽せり」なんだ！　日々の労働は——神の精髄を養うことだったんだ！


ビイーン、ビイーン、ビイーン、ビイーン……


リズミカルに綿を打つ音。迫力ある重低音……椅子も机も黒板も……すべての魂の底を揺り動かすような、ひ・び・き。

タハタ氏の額には、ふつふつと汗が吹き出てきます。

その独特な音楽を生《なま》で聞き、肌で感じながら、ふと、——なんだ……われわれの内にあったんだ、と心でつぶやいた瞬間、

「外へ行くな。真理は内部の人に宿っている。」（『ユング自伝』）という言葉と、いっきなりドッキングしてしまったのでした。

ああ、臨済!!

「観脚下《かんきゃっか》」——足元を観《み》よ！


打たれた綿は、みるみるうちに白さと輝きを増し、ふわふわと雲のようにふくらみ、飛び散る小さな繊維は、天使の羽根のように宙を舞い……労働とそれを包む空間と……

ああ、芸術って、労働とひとつだったんだ……アルタミラの洞窟の壁画や、さまざまな地域の、さまざまな祭が脳裡を駆けめぐり……血が湧き立ち、熱いものが全身を駆け抜け……私は、ただ茫然としてその中に浸っていました。

今でこそ文字にできますが、そのときは、ぽっかあ～んと口を開けたまま、きっとフリーズしてしまっていたのでしょう。

とにかく、一三年前、初めてワークショップに参加して以来の、強烈な体験でした。

俳諧《はいかい》の世話人をもして下さっているサクラさんは、芭蕉の『野ざらし紀行』に載っている発句の一つを思い出し、「こんな音だったのね、芭蕉さんが聞いたのは……」

と、嬉しそうに目を細めました。

わた打ちや琵琶《びわ》になぐさむ竹のおく　　芭蕉

私は『野ざらし紀行』を読んでいなかったので、この句を知らなかったのですが、琵琶法師のイメージが降って湧いたのはとても不思議な気がしました。いつのことか、どこかで生《なま》の琵琶の音を聞いたことがあったのでしょうか？　もしやもしや、DNAの記憶？　三内丸山の、太い栗の木を使った、六本柱の建物までもが浮かんできたのは、先住民の血でしょうか……何かの記憶が、綿打《わたう》ち弓の音で呼び醒《さ》まされたのでしょうか？

翌朝、九時からタハタ氏のお話がありました。一時間余り、私たちは静かに聴いていたのですが……私はしだいに右から左へと抜けて行く感じがしました。お話の内容は本に書かれてあることのようでしたし、多分、参加者のほとんどは通読しているだろうと思いました。それで私は、もっとこの本を読んだ感想や意見なども聞きたいとウズウズし出し、耐えきれなくなってタハタ氏の話にストップをかけてしまいました。

「お話の途中で申し訳ありません。今朝、タハタさんがいらして下さるまで、私たちは自立ってなんだろうという話をしていました。それで、私はそういうことも含めて、この本を読んだみなさんが、どんなふうに感じたのかも聞きたいのですけれど。せっかくタハタさんがいらしてくださっているのですから、本の内容をただ聞くだけでなく、そういう話もしてみませんか?」

タハタ氏は、苦笑いしながら周囲を見回しました。参加者のほとんどが、なにかしらほっとしたような感じを漂わせていました。言い出しっぺが黙っていては、いっそう失礼かつ申し訳けないと思った私は、疑問に思ったことを訊ねてみました。

「タハタさんは、ガンジーの経済論に出会って、自給自足を目指して実践なさっていらっしゃるのでしょうか?」

タハタ氏は、口元に笑みを浮べながら、清々《すがすが》しい瞳をまっすぐこちらに向けて、きっぱりと言いました。

「いいえ。ぼくはただ、絶えようとしていた和棉《わめん》のタネを残したかっただけなんです」

そして、彼は綿との出会いを詳しく話して下さいました。それは、『ガンジー自立の思想』の解説で簡単に述べられてあったのですが……哀しいかな、私は八戸ワークでの学習の甲斐無く、よく読んではいなかったんですね。彼は、労働運動をしていたという先入観で、私は勝手に、ガンジー思想と経済論が先で、実践はそのあとと思い込んでしまっていたのです。こんなアホな質問なんかして……と、自分を恥ずかしく思いました。話の途中で遮《さえぎ》られても、顔色も変えずにニコニコしているタハタ氏の寛大さに、救われた思いがしました。
タハタ氏が初めて綿のドライフラワーに触れたとき、ふわふわして、あったかくて、なんて気持いいんだろう、と思ったそうです。そして、

「このワタから私たちが着ている服が一体どうやって作られているのだろうと思った。普段人間らしい生活を！　と叫んでいる私自身が、実は人間が生きていくのに必要不可欠な衣食住のことについては何も知らないで生きていることに気づかされた。人間が人間らしく生きていくには、最低限何が本当に必要なのだろうか？」

（『ガンジー自立の思想』）

という問いが生まれたのだそうです。その後、タハタ氏は会社勤めを辞め、農業を始めました。もちろん、綿も植えました。ちょうどそのころ、一二〇〇年の歴史を持つ、日本の気候風土に適応してきた和棉《わめん》のタネが、絶滅の危機に瀕《ひん》していることを知ったのでした。インドのガンジーさんのアシュラムに行ったのも、この和棉《わめん》のタネを残したい一心だったのだそうです。

私は、これらの詳しい話を、文字でなく、直接タハタ氏から話してもらっているうちに、どうしたことか、涙が出てきてしかたありませんでした。

「ワタってふわふわしてあったかくて、気持がいいでしょう？」

彼は着ている綿のセーターを撫でたり、ひっぱったりしてみせました。ざっくりした、手編みの、着心地の良さそうな生成《きな》りのセーターでした。

「その感覚、フィーリングなんですよ、和棉《わめん》のタネを残したいと思ったのは……」

タハタ氏は四九歳にはとても見えない、初々しい青年のように瞳を輝かせて語るのでありました。

この単純な感覚が純粋さ一途《いちず》さに連らなり、古来からこの列島に住む人びとに大切に伝えられてきた知恵とガンジー思想の核心に、彼を導いたのだと思いました。インドから帰国した彼は、幸運にも綿打ち弓の使い方を知っているおじいさんにも出会いました。博物館にしかなかったこの弓を、図面を取らせてもらって自分で作ったそうです。

こうしてみると、「単ちゃん純ちゃん」もすごいなあと思いました。「自己の感覚」をないがしろにせず、それを頼りに手探りで歩いているうちに、必要なことは自《おの》ずとやって来るんだと、あらためて思いました。並なみならぬ苦労もあったろうに、それをひけらかすこともなく、自分の考えや行動を押しつけるといったふうもなく、楽しんでこの「仕事」に取り組んでいるその姿に、私は深く心を打たれたのでした。

また、ガンジー思想の核心は、自然本来の姿、人間本来の生きざまが急速に失われつつある現代にとって、非常に重要なメッセージだと思いました。ガンジーがチャルカにこめた思いは、ほんとうの豊かさとは何かということを、私たちに問いかけているように思います。その核心とは、「アヒンサー（共生《ともいき》・不殺生・非暴力）」、「スワラージ（自治）」、「スワデシ（その土地の気候・風土に合った作物で、自分たちに必要なものは、自分たちの手足を正しく使って手に入れる）」なのでしょう。そしてこれが、自然環境や人間のこころを破壊しつづけることでしか成り立たないような現代の生産システム・経済システムに代る、古くて新しいビジョンなのではないかと思いました。私たちのいのちは、地球の豊かな自然と多くのいのちの試行錯誤があってこそ、四五億年の時を生きてこられたのです。たかだか二百年足らずで、それを台無しにしていいとはとても思えません。だからこそ、今、ガンジーのメッセージに耳を傾けなければいけない時なのではないだろうかという感を深めたのでした。

カルチャー・ショックの興奮冷めやらぬ新幹線の中で、私はふと、六月末からの一連の夢を思い出しました。そして、これらの夢は、今回の講座の予告であったような気さえしてきました。

綿打《わたう》ち弓を筆頭とする見慣れぬものたちとの出会い、私にとってはまさに異文化であった綿から糸にする古来からの工程、神事や儀式を彷彿《ほうふつ》とさせた綿打《わたう》ち仕事、そして、中高年に片足を入れているけど、夢の中のイタリア系青年の容姿とどこか重なりあってしまうタハタ氏、その場に居合わせた大勢の人びと……

思えば、フヨウさんのあの切なるまなざしに出会うことがなかったなら、私は今回の講座には参加しなかったでしょう。そして激しく心を揺さぶるような貴重な体験も与えられることはなかったでしょう。

今、はっとしました。なんでもない、無意味に思えるようなことでも、実はちゃんと意味があるのではないか、この世界には無意味なことなど何一つ無いのではないか、という想いがふっと湧いてきました。ただ、私たちが、さもないこと、なんでもないこととみなして、片付けてしまっているのではないでしょうか……はっ!……「透明な、さもない壜を両手に持っている私を見ていた私」の夢!! えーっ!! これって、これって……特別な腕環や壷でなくてもよかったんだ! いいえ、それでない方がよかったんです、きっと!!なぜって、今まで私は、深い意味がありそうな重要なことを、なんでもない無意味なこととみなして、気にもかけずにたくさんたくさん捨ててきたのでしょうから……な〜んだ、その辺に転がってるさもない空壜でよかったんだ……それが、ほんとうはとっても大切だったんですね。

もう一つ、意味深いことにも気づきました。古くからのメンバーがいみじくも語ったように、今回の老賢人不在の講座は、私たち一人一人の自立を促《うなが》されたということです。

別に事前に計画していたわけでもないのに、『ガンジー自立の思想』がテーマであるちょうどその時に、「いつまでも頼っていなさんな」と言わんばかりに、老賢人が入院なさってしまうとは……不思議といえば不思議です。こうしてみると、私たちの気づかないところで、意味ある偶然の一致―共時的現象は、いくらでも転がっているのではないでしょうか？　それを察知し、その意味を知ることは、人間の成長、あるいはたましいの成長にとって、何か大きな役割を担っているように思われます。

二週間後、易経の講座が予定されています。私たちは、この共時的なメッセージを受けて、老賢人不在であっても開催されることを望みました。私も即座に参加を表明してきました。亀山に集うメンバーの多くは、二〇年以上も老賢人の薫陶《くんとう》を直接受けて来た方々です。私にとっては、その方々を含めた亀山という場そのものが大人《たいじん》です。何か疑問に思うたびに、老賢人の答えを期待して場そのもののはたらきに気づかなかった私には、次回の講座に参加することは、真に自立するための第一歩だと思えました。老賢人に、「私の顔を見てどうすんの」と、二度と言われないようにしなくてはなりません。腹や胸にあることを、そのまま素直に表現できるこの場で、アホな質問をしたり、すぐにお答えして人殺しをすることになったり、もうわかったと思い込んでるだけのことを話したりしているうちに、はっと気づくことがたくさんあるのですから。

アンズとヨモギに手紙を書き、スギナとムクゲさんにしゃべりまくり、そしてハナノに手紙を書いて、カルチャー・ショックの興奮がようやく鎮まりつつあります。それぞれに異なる感じを受けるのでしょうけれど、私はあの綿打《わたう》ち弓の音を、綿打《わたう》ちの姿を、友人、知人たちに見せたい、聞かせたいと思いました。そして、一二〇〇年の歴史をもつ日本の綿のこと、ガンジーさんのチャルカにこめた願いのこと、それに出会った私の体験を伝えたいと思いました。いちいちしゃべるのは面倒だから、いっそ得意のレポートでも書きましょうか……まったくねえ、思いつきばっかりで、夢の記録とやらはどうなってるの？……ですよね。いまだに足踏み状態ですよ。どうしたらいいんでしょう……

それでは、今日はこのへんで……

千年後、私たちモンゴロイドの故郷《ふるさと》らしいと言われるアルタイ山脈で再会しましょう！　それまで信《まこと》を通《かよ》わしあいましょうね！

おやすみなさい、

良い夢を

ハコベより。

13　わからないことの始まり

二〇〇〇・九・一八

ハナノ、
暑くてバテていませんか?
例年ならば、暑い暑いと言っているのは、七月末から八月いっぱいぐらいなのに、今年は六月からずっと暑くて九月に入っても同じでは、暑さに順応するようになった私もさすがにバテそうになりました。そんなときに今度は急激に気温が下がっては、からだの調子も狂いそうです。三日ぐらいの周期で気温差七、八度だなんて、いったい地球はどうなっているのでしょう?
咲き始めたコスモスも、いつもの年より心なしか花びらが縮んでいるように見えます。

三〇度を越える暑い中、老賢人不在の覚悟で参加申し込みをしていた易経の講座に行って参りました。なんと、老賢人は奇蹟的にも無事、亀山に生還なさっていました。心筋梗塞で「意識皆無」となったそうですが、PTCA（経皮的冠状動脈拡張術）を施行され、八三歳という御高齢にもかかわらず、一〇日余りで退院できるとは驚異的です。七一歳のときの父でさえ、一ケ月は入院していたのですから。もともとお丈夫だったのでしょうけれど、お話を聞いていると非常に幸運だったとした言いようがありません。

老賢人の御家族や大勢の知人が居合わせているところで倒れたこと、救急車で移動中、梗塞を起こしていた二本の動脈のうち、最も命にかかわる重要な一本がひとりでに開通してしまったこと、二度目に運ばれた病院に循環器系の専門スタッフが揃っていたこと、その病院全体が人間に則した応対ができたこと、そのおかげで、医者嫌いだった老賢人の「目からウロコが落ちて」、意識回復後も治療を受け容れられたことなどが、一つになったように思われてなりません。また、日本中の老賢人を慕う人びとの願いが天に通じたのかもしれません。あるいは、老賢人は未来にとって必要な人材なのかもしれません。とにかく、お元気になられた老賢人のもとで再び学習できるのは、部屋中飛び跳ねてしまったほど嬉しいことでした。

再会した老賢人は少しやつれたように見えましたが、お顔の色も良く、声もここ数年よりよく通るように思えました。なんだか、目まで大きくなったのかと思いましたけど、これは、瞼の腫れぼったさがとれたのだということがわかりました。きっと、何年か前から心臓が弱ってらして、少しむくんでもいたのでしょうね。三〇年も医療現場で働いていたのに、これに気づかなかった私の洞察力の欠如を、秘かに呪いましたよ。驚いたことには、荒れに荒れてた老賢人の手がすっかりきれいになっていたことでした。アトピー体質かと思われるような荒れ方で、それに農作業も加わるものだから、ひどい時は皮膚が破れるほどだったのです。それがたった一〇日ぐらいの入院で、こんなにきれいになってしまうとは……どういうからだをしているんだろうと思いました。もっと驚いたのは、医師の指示通りまじめに薬を飲んでいたことでした。昼食時に老賢人の向い側に坐っていたヒバリさんは、

「再体制化って、こういうことぉ?」

と、言いながら、つぶらな瞳をいっそう大きくして、まばたきもせず老賢人に見入っていました。

私は、老賢人にもユングのような臨死体験があったのかどうか聞いてみました。

「いや、そんなこと全然無かったねえ……意識皆無だったよ」

そう言って老賢人は、楽しそうに目を細め、フォッフォッフォッフォッと笑いました。

「意識が戻ったのはどこで?」

私は、心カテ室か集中治療室のベッドの上を想像していたのですが、即座に意外な答えが返ってきました。

「広島だよ。」

ガンジーの講座のときに、タイボクさんから「先生、広島にいたよ」と聞いてはいたのですけど、まさか当の御本人も広島で意識回復したとおっしゃるとは、私の想像の域を超えていました。そのひとことに、私だけでなくその場に居合せた人びとも、きっと怪訝《けげん》な顔をしていたのでしょう。老賢人はおもむろに、意識を回復なさったときの体験をお話して下さいました。それによると、老賢人は広島の部隊にいて再召集されそうになっていたのだそうです。「俺はとっくに退役だ」と抗議しているときに、伝令がやってきてピシッと敬礼し、老賢人に「タイボクさんがお見えです。」と伝えたのだそうです。なんでまた、タイボクが広島にいるんだ?と、不思議に思っていたところに、ほんとうにタイボクさんがやってきたのだそうです。

老賢人が不思議に思うのも無理はありません。なにしろ、タイボクさんは戦争が終って七、八年も経ってから生まれたのですから。

五五年前、老賢人が広島の部隊から九州の山の中に飛ばされた直後、広島に原爆が落とされて部隊は全滅してしまったことを、私たちは何度か聞かされていました。つまり、老賢人の二度目の命拾いは、この「広島」と縁が深かったわけです。

私は、老賢人が「夢を見ない」とおっしゃったことが、どういうことなのかようやく納得しました。老賢人はやっぱり、『夢見る人びと』（A・ディーネセン・晶文社）に登場するリンカンのように、「目を覚まし、歩きまわりながら夢を見て」いらっしゃるのです。つまり、老賢人にとっては、夢も現実も無いのでしょう。どちらも経験・体験の世界であって「一つのこと」なのでしょう。

色即是空《しきそくぜくう》　空即是色《くうそくぜしき》

老賢人は、それを生身で体験していらっしゃるのだと思いました。そして私は、「聖人は夢を見ない」というのは、こういうことなのかもしれないと思いました。これは、老子の『道徳経』かなにかにあるらしいんですが、「東洋の聖人」と「西洋の聖人」とはだいぶイメージが違います。日本カウンセリング・センターの老賢人の講座では、一時、「三分間聖人」という言葉が流行《はや》ったことがあるそうです。三分間は誰でも聖人になれるらしいのです。実態は一日の大半を聖人で過しているかもしれないそうです。「今度は息を吸うぞ、今度は吐くぞ」と、誰も意識してやってるわけではないと言われれば、なるほど、そういうことなのかと、私もはっとしたわけです。つまり、「老荘」に登場してくる「聖人」とは、このような実態を述べているということです。

死んだら意識は無くなるとほとんどの人は恐れていますが、実際はどうなのか誰もわかりません。夢も眠っていて意識の無いときに見るものだと思われがちですけど、私の経験から言っても、「怖い」とか、「どうしよう？」とか、「行きたくない」とか、「なんて言えばいいの？」とか、ちゃんと意識しています。老賢人が「なんでまた、タイボクが広島に？」と意識したように。ところが、目覚めているときでさえ意識しないでやってることは、いっぱいあるのです。まったく考えずにあくびをしたり、目をこすったり、食べ物や水を飲み込んでいます。もちろん歩き出す時も、どっちの足を先に出すかなどと意識してはいません。こうしてみると、意識と無意識とは境界など無く、人間本来の実態はこの両方をけっこう自在に行き来していることになります。だからこそ、「色即《しきすなわ》ち是《こ》れ空《くう》、空即《くうすなわ》ち是《こ》れ色《しき》」なのです。色《しき》とは色界《しきかい》、つまり現象・出来事の世界でそれを自覚・認識・意識できる世界のことです。天外《てんげ》氏が「この世」と表現し、ボームが「明在系」と名づけ、ゴルデルが「目に見える世界」と呼んだ世界です。これに対して空《くう》とは、空界《くうかい》、すなわち、自覚・認識できない世界、「あの世」「暗在系」「目に見えない世界」ということになります……ハナノ、笑ってるでしょ？　私も今はっとしたの。わかったようなことを言ってるけど、ほんとうはわからないことにそれぞれ名前をつけて、区別しようとすると、わかったような気になってしまい、安心しちゃうのよね。ハナノは知ってるでしょう？　私たちが色界《しきかい》でごちゃごちゃ言ってることの実態を。分けて、区別しているけど、ほんとうは一つのことだっていうことを。そして、人間には容易にわかるわけがなく、すべてをわかりようがないことを。それでも、それでもなのよ。二〇世紀の最先端科学者たちがようやく気づいたことを、仏教の教え、東洋の賢者の教えはずっとずっと昔から伝えていたなんて、すごいですよね。これでは西洋の科学者や心理学者ひいては文化人までもが東洋に熱い視線を投げかけるのも無理からぬことだと思いました。

ところで、今回、私は久しぶりに現地亀山で易占《えきせん》しました。最初の易経の講座以来、実に四年ぶりのことです。たいていは事前に易占して自分でも仮説を立て、亀山で再検討していたのですけれど、今回は気になることはあったものの、占いそびれてしまいました。多分……綿打《わたう》ち弓の衝撃が尾を引きすぎていたのでしょう。問いの内容は次の通りです。

「昨年夏、水泳を始めた直後ぐらいから外耳孔入り口付近が痒い。水泳を止めても他のアセモ類が治っても両方の耳のなかだけが痒い。頭皮や首の周辺は痒くないので、使い続けているムースやヘアマニュキアの薬品かぶれとも思えない。湿しん用の薬を時々塗ったけどそれ以上良くも悪くもならない。この耳の痒さはなんでしょうか。何を伝えようとしているのでしょうか」

こんな問いを立てるなんて、アホじゃないかと言われそうですよね。でも、「胃が悪いのではなく、悪いところが胃に現われている」、というような東洋医学的発想からすれば、耳だけのことではなく、何か全体的な意味があるように思われたのです。私の個人的な経験からなのですけど、身体の不調は心理的なことと決して切り離せはしないと痛感しています。一六年前、アレルギーなどないと思っていた私は、目や鼻や喉にアレルギー症状が出て、突然喘息様発作を起こしました。けれども、三、四年でこの症状は花粉症の時期が来ても現われて来なくなりました。発作を起こした年、私は、当時直属の上司であった〝おとうちゃん〟の定年退職を一年後に控えていて、非常に不安な心理状態でした。〝おとうちゃん〟のいない職場では働けないと思ったほどです。すでにそのころ、夫とも別居してましたので、仕事を辞めたらどうやって子どもたちを育てていくのかという不安も重なっていました。本気で職場替えを考えて、大学に泣きついたりもしました。大学の教官や先輩たちに励まされ、〝おとうちゃん〟の代りに来た後輩にフォローされ、なんとかこの不安を乗り越えられたかと思ったころ、アレルギー症状が消えたのです。父のリウマチ発病も、定年前の二年間を過した職場の状況と父の心理状態とはまったく無縁だったとは思えません。父は、「辞める!」と怒っていたのですから。終戦当時から勤務していた国鉄が、JRになったのは父が定年退職した三、四年あとのことでした。このような経験から、私は、身体の異変と心理的なこととは大いに関連があると確信したのでした。つまり、身体に異常・異変が現われるのは、無意識、あるいは暗在系からの一種のメッセージだと私には思われたのです。どのようなメッセージを伝えようとしているのか……そうして占って示された卦は、震為雷《しんいらい》の変爻《へんこう》無しでした。

本卦《ほんか》

51 震為雷《しんいらい》

正直言ってこの卦《か》を見たとき、まったく合点がいきませんでした。耳が痒いことの意味を問うたのに、なんでまた、身体では足を象徴している震卦《しんか》(☳)が二つ重なった卦《か》が出るんだろう? 耳を象徴しているのは、八卦《はっか》の中では坎卦《かんか》(☵)なのです。ですから、これが上卦《じょうか》か下卦《かか》にでも現れたならば、頷《うなず》けないこともなかったのです。私の周囲にも頭の中にもハテナマークがいっぱい飛び交ってしましました。

翌朝五時からのセッションで、私は早速この卦《か》を俎板《まないた》に載せました。いつものように徳間『易経』で震為雷《しんいらい》の解説と卦爻辞《かこうじ》を読み合わせ、そして自由討論。参加者はそれぞれにひらめいた仮説や思ったことを次のように話してくれました。

1、(耳の痒さが) 気になっている〝私〟を焦点化して (占って) みてはどうか。
2、大騒ぎして見なくちゃいけないところを見ていないのではないか。
3、現象に囚われるなということではないか。
4、核心に触れないことをして居るのではないか。
5、本命を忘れていないか。
6、ネズミ一匹に振り回されているのではないか。

ちなみに、震為雷《しんいらい》の卦《か》には「大山鳴動……」というタイトルが付されています。このタイトルの「……」というところには「ネズミ一匹」と続くことわざになるわけです。「大きな山が鳴り動くほど大騒ぎして、その結果出てきたのはたった一匹のネズミだった」という意味です。ネズミ一匹のことを伝えられたとき、「もし、今ここに、ネズミが一匹でも現われたら、私、キャーキャー大騒ぎして、この座卓の上にあがっちゃうわよ。」

と、言ったところ、みんなに大笑いされてしまいました。まったく……耳が痒いと大騒ぎして、天意まで問うて……でもネズミ一匹でも出れば、私にはまたしても「大山鳴動」になるわけです。そんな……どうでもいい、小さなことではないんですよ、私には……。ですから、2、4、5の仮説はギクッとしました。特に4，5はグサッと来ました。なにしろ、原稿はストップしたままで、核心に触れられないし、人生の本命かどうかはわからないものの、今のところ原稿に取り組むことが本命なのだという思いはありましたから。

震為雷《しんいらい》の卦辞《かじ》には次のように記されていました。


震《しん》は享《とお》る。震の来るときは虩虩《げきげき》たり。笑言唖唖《しょうげんあくあく》たり。震は百里を驚かせども、匕鬯《ひきょう》を喪《うしな》わず。


震は、自然界では雷を象徴しています。その雷が雷鳴轟かせて近づいて来るときは、ほとんどの人が、戒《いまし》め、慎み、恐れかしこまるように恐れ戦《おのの》く（虩虩《げきげき》たり）けれど、過ぎ去ってしまえば安心して笑い、語り合います（笑言唖唖たり）。匕鬯というのは、祭祀《さいし》に用いる品々です。匕《ひ》は鼎《かなえ》―祭祀に用いる三本足の器の中の実をすくう匙《さじ》のこと、鬯は香草を入れて醸《かも》したお酒―御神酒《おみき》、お屠蘇《とそ》のことであると言うことです。つまり、雷鳴は百里四方を驚かすけれど、祭祀《さいし》を執《と》り行う者は、それぐらいのことで匙《さじ》や御神酒《おみき》をおっことしたりはしないという意味です。

ネズミ一匹ごときでキャーキャー騒いでいたら……匕鬯《ひきょう》を取り落としてしまいますよね。ネズミは嫌いだけれど、雷はあまり怖くありませんから、大丈夫……かしら？

それにしても……またしても祭祀《さいし》にまつわることが記されていました。私は、今年一月に示された風地観《ふうちかん》の卦《か》と、夏の一連の夢がオーバーラップしてしまいました。それで、この夢のことをかいつまんで話したところ、サクラさんが、

「祭祀《さいし》に象徴されていることは何かしら?」

と言いました。ひとしきりこの話に盛り上がっていたら、突然、老賢人がポツリとおっしゃいました。

「意識上の変化があるとき、不思議なことが起こる。」

一瞬、なんのことをおっしゃってるのかわかりませんでした。みんな、シーンとしてしまいましたから私だけではなかったのでしょう。みんな狐につままれたような顔をしていたのかもしれません。すると、老賢人は、入院中の体験を話し出しました。それによると、老賢人が寝ているベッド脇の壁がぶわぁ~っと膨らんできて、老賢人を圧するようにのしかかってきたのだそうです。老賢人は息苦しくてそれを押しのけようと手を出したら、壁はすーっと元の場所に引っこんだそうです。手を降ろして、しばらくしたらまたも壁がベッドの上まで膨らんできたのだそうです。手を出すとまたすーっと引っこむ、降ろすとまた膨らんで来る……これを何度か繰り返したそうです。


このような現象を「夢だ! 幻覚だ!」と片付けるは簡単です。「具合いが悪かったからよ」とか、「鎮静剤のせいよ」とか、「意識が朦朧《もうろう》としていたからよ」といった因果論的理由付けも世間には通用します。けれども、こうしたことも生きた人間の体験、経験ならば夢も幻覚も現実も同じことなのだと思いました。まして夢を見ない老賢人にとってはなおさらそうです。そもそも東洋の多くの賢者は、「この世は夢《ゆめ》、幻《まぼろし》だ」と言ってのけたのですから。私自身のこの一年間を振り返ってみただけでも、「意識上の変化」がまったく無かったとは言い切れません。そもそも三一年間勤めた職場を定年前に去るということは、それだけでなんらかの「意識上の変化」があったと見ていいでしょう。そして、「不思議なこと」は退職前から起きていたのだと思いました。

○ 夢と現実の奇妙な一致——地震

○　どこでどうなったのか、生きたトンボがポケットに入り込んでいたこと。
○　一〇年以上も動かさなかったオルゴールが突然鳴り出したこと。
○　夏の一連の夢と現実の奇妙な符号→綿打《わたう》ち弓との出会い
○　一年以上続いている耳の痒さ

これらのことをみんなに話し終えると、老賢人が真顔でおっしゃいました。

「祭祀《さいし》の根本は祖先を祀《まつ》るということであり、わからないことの始まりであり、原点である。」

なるほど、震為雷《しんいらい》の卦辞《かじ》に付された象伝《たんでん》（十翼《じゅうよく》の一つ）にも示されています。私はもう一度それに目を落としました。


　象《たん》に曰《いわ》く。震は百里を驚かすとは、遠きを驚かし邇《ちか》きを懼《おそ》れしむるなり。宗廟社稷《しゅうびょうしゃしょく》を守るべく出《い》で、もって祭主と為るなり。


私は、「原点――わからないことの始まりに耳目《じもく》を向けよ」と、伝えられているのだと思いました。

そういえば……八月中旬から九月初旬にかけて、私はお墓の夢を二つ見ていました。一つは、誰かのお墓の前に立っている夢で、スギナかあるいはコンイチ君かはっきりしませんが、そばにもう一人誰かいました。睡眠と覚醒の間《はざま》で、――これは再生の夢か？　と思っていましたが、すっかり目覚めたときには「あとは死ぬっきゃないよ、ハコベ」と言ってる夢のようにも思われました。もう一つは、何かイベントの一つとして公園作りをしている所に、遺跡発掘現場のようなところがありました。たまたま出会った従弟のマサキが公園設計の青写真を持っていました。彼はそれをベンチの上に広げて見せてくれました。私は青写真を見ながら、

「今、この辺を通って来たら発掘現場のような、サークルストーンのようなのがあったけど、あれは?」

と、マサキに聞きました。彼はあそこは墳墓の遺跡だと教えてくれました。

「それなら、ちゃんと祀《まつ》らなくてはね。」

と言いながら、その計画を思いめぐらしているところで目が覚めました。これらの夢に加え、私は現実的・実際的問題として、父のお墓を守っていかねばならない立場になっていることも、みんなに話しました。すると、一瞬、場が静まりかえり、妙に冴えた沈黙が流れました。この沈黙に雫《しずく》が一滴ぽろーんと落ちるように老賢人がおっしゃいました。

「大事なことのように迫られれば大事なことなんだよ。」


私は今、集合的無意識、つまりわからないことの始まりである、その入り口にいると感じました。そしてこのことは、私の生まれてきた意味とに繋《つな》がっていると思いました。それがなんなのか、私にはまだわからないでいます。わからないので、わかりたいと切望しています。わかろうとするには、内部に深く深く降りて行かなければならないとも感じています。そして、それに関わるにはどんなに不思議なことが起こっても、畏敬の念をもって接し、「君子もって恐れ慎しみ身を修め内省を怠らない(震為雷《しんいらい》・象伝《しょうでん》)」という言葉を胆《きも》に命じ、慎重の上にも慎重を重ねて取り組むように促《うなが》されているのだと思いました。

また、この卦《か》は私に「聴く」とはどういうことかをあらためて考えさせることになりました。徳間『易経』の

解説には、「大山鳴動」「耳目聳動《じもくしょうどう》」という語があります。これらの言葉には、なにかしら人知を超えた畏怖すべきものを想起させます。そのうえ祭祀《さいし》にまつわることが象徴化されていることからすれば、なにかこう……精神の声というか……たましいの声をもっと注意深く慎重に「聴く」ように促《うなが》されていると思いました。『荘子《そうじ》』の「人間世篇《じんかんせいへん》」の一節、「虚《きょ》は心斎《しんさい》なり」が朗々と詠《うた》い流れていくのを感じました。

帰りの新幹線の中で、遠くを見つめていたようなコンイチ君が、いつになくまじめな顔で前方を凝視したままポツリと言いました。

「たかが耳が痒いだけで、あそこまで深く降りて行くとは思わなかったなあ。」

ほんとうに、たかが耳が痒いだけで、メンバー全員が真剣に取り組んでくれて……私は少し目頭が熱くなりながら前方の遥か遠くを見つめたまま、人の和のありがたさをかみしめていました。

帰宅した翌日、私は亀山でみんなと一緒に検討したことを、自身に照しあわせ、コメントを付けながら易占例ノートにまとめていきました。そうしているうちに、新たに気づいたことがいくつかありました。

一つは、不思議なことは一九九五年からすでに始まっていたのだということでした。易は、未来を占うものですが、震為雷初九《しんいらいしょきゅう》の爻辞を味わっているうちに、ふと、父の死後七ケ月後に見た夢とその三週間後に起きた落雷とのことが思い出されたのでした。夢は、私が仕事から戻って来ると、わが家が外壁だけ残してすっかり焼けていたというものでした。母と亡くなったはずの父がそのいきさつをせっせと話してくれていました。この夢見の三週間後、午後三時過ぎ、わが家の台所から一メートルぐらいしか離れていない電柱に、ほんとうの雷が落ちたのです。私が帰宅したときには、家は残っていたものの電話とお風呂が使えなくなっていました。母がこのいきさつを、まさに「笑言唖唖《しょうげんあくあく》」とした風情でせっせと話してくれたのです。

初九《しょきゅう》。震の来《きた》るとき虩虩《げきげき》たり。笑言唖唖《しょうげんあくあく》たり。吉なり。

もし、この雷が屋根に落ちていたら、家は焼けていたかもしれないと、私はゾッとしました。私の家も落雷に合った電柱も丘の中腹にあります。丘の頂上にも家が建ち並び、電柱もアンテナも林立しているのに、雷はなにゆえ低い方の電柱に落ちたのだろうと、私は不思議でたまりませんでした。焼けた家と亡くなった父の夢が即座に思い出され、私は父が守ってくれたように思えてなりませんでした。思い返せば一九九五年の一月、ワーク終了直後の神戸の大震災を皮切りに、その後、オウム真理教関連の未曾有《みぞう》な出来事が次々と発覚し、日本中は大騒ぎでした。ファシズムにも似た不気味な足音に、多分私だけでなく、多くの人びとが得体の知れない不安に包まれていたと思われます。私個人にとってもこの年は生涯忘れられないものとなりました。私の子宮筋腫の手術と母方の祖父の死が重なり、秋にはたった一ケ月の間に、父と〝おとうちゃん〟とハナノを相次いで見送ることになりました。

この爻辞《こうじ》は、このころから地震や落雷といった自然現象が、妙に私の生命活動と関わり始めていたと思わせるのに十分だったのです。

二つ目は、最後の六つ目の爻辞《こうじ》を検討していたまっ最中に、突如として「誰に何を伝えたいのか」がはっきりと眼前に現れ出たことでした。と同時に、私が道を外れそうになったとき、また、自身の領分を越えて何かを為そうとしたとき、必ずやどこかに信号やメッセージが現われて止めてくれる！　と確信してしまったのでした。

上六《じょうりく》。震《ふる》いて索索《さくさく》たり。視《み》ること矍矍《かくかく》たり。征《い》けば凶なり。震《ふる》うことその躬《み》においてせず、その隣《となり》においてす。咎《とが》なし。婚媾《こんこう》言あり。

この爻辞《こうじ》は次のようなことを伝えていると思われます。

「震えて意気沮喪《そそう》するありさまだ。視《み》るのもきょろきょろと視点が定まらないありさまだ。こんなとき征服するように進撃しては不運に陥る。震えるのはその身においてではなく、隣にいる人びとに対してである。したがってそれらの人びとを敬い、接していれば咎《とが》めはない。姻族から物言いがある。」つまり、「恐れ戦《おのの》くこと、はなはだしきときは、出兵するように進まず、自身のいるべきところにいて、畏れ慎しむ以外ない」と、私は読んだのです。そして、「自身のいるべきところ」とは何かと、しばし筆を止め、ぼおーっと前方のウォールポケットを見るでもなく見やっていたら、突然、先に書いたようなことがひらめいたのでした。まさか、こんなときに私の探し求めていたことが突如現われてくるとは、驚きました。このことで私は、ここ一年余りの間に、私の内で何が起こっていたのか誰も知らないことに気づかされたのです。「震《ふる》うことその躬《み》においてせず、その隣においてす」というメッセージは、このことを伝えなければならないといった切実な思いを触発しました。退職を表明したときの周囲の反応は、明暗を分けたりしたものの、皆一様に「えっ！　まさか、ほんとうに？」という感じでした。ええ、ぺんぺん草でも易経の学習仲間の間でもそうでした。職場では初め、いつもの冗談と思われたくらいです。そもそも、当の本人である私でさえ、去年の夏ごろまではほんとうに辞めるとは意識していなかったふしがあります。

私は、人生の一大転機に体験したことを逡巡《しゅんじゅん》や葛藤も含めて、今まで私の生命活動に深く関わってきた人びとに伝える責任があるように思われました。そうすることによって私もまた、三一年間の「経験の輪を閉じ」、新しい一歩をしっかりした足取りで踏み出せるのではないかと思ったのです。「経験の輪を閉じる」というのは、『ミュータント・メッセージ』（M・モーガン、角川書店）に登場するアボリジニの一種族、〈真実の人〉族の女性が、私たち文明人を代表する主人公の一アメリカ女性に語った言葉です。「経験の端っこをそのままにしておくと、人生の後半で同じことが繰り返され、そのことを学ぶまで何回でも苦しむことになる」と。私は、この三一年間の間に起きたことを、特にこの一年の間に起きたことを「よく観察し、学び」、そして「感謝と祝福」をもって「平和な気持で離れ」たいと思いました。綿打ち弓のことを一人一人に話すよりいっそ書いてしまおうかと言うなら、まずこの私のこと、綿打ち弓に出会うべくして出会った私のことを書くべきだと思いました。綿打《わたう》ち弓との出会いは、個人的な内的世界の出来事と無縁だとはどうしても思えないのですから。そう、老賢人と出会うべくして出会ったように……すべては「無意識的状況から発達してきた」（ユング）のですから。

街の易者は、「誰か協力者が現われる」と言いました。私はその「協力者」とは、誰か一人のことだとしか思っていませんでした。けれどもここに至って、ほんとうは「協者者」はたくさんいたのだということに気づかされました。私に関わったすべての人びと、すべての生き物、すべての事象が「協者者」だったのです。

おはよう！　ハナノ。夕べはごめんなさい。

途中で突然、書くことができなくなってしまったのです。

私は今まで、「私は、」で始まる自分自身のことを活字にするなんて、絶対いやだと思ってきました。もし、アソウ先生から「カウンセリングとの結びつきをも含めた、易経との出会い」を書いてみるよう勧められなかったら、私は、ユングが「我々が患者にするのと同じくらい注意深く自分自身を研究しなければならない」「自分自身がほんとうの材料にならなければならない」（自伝1）と述べた真の意味に気づくことはなかったでしょう。そしてまた、私はなにもわかってないことにも気づかなかったでしょう。

私は今、ダンテが自身の足元の大地へと深く降りていき、煉獄をへめぐり、地球の中心を通って天国への階《きざはし》を昇って行った意味をかみしめています。

早速レポート作成に取りかかります。今までのようにはハナノに手紙を書けなくなるかもしれないけど、許して下さいね。えっ？「いつも一緒にいたでしょ？」って？……そうね、あなたはいつも私たちと一緒にいたのですよね。……ごめん、ハナノ、私、今涙もろくなっているの……。

心をこめて、想いをこめて

泣き虫のハコベより。

一〇時三〇分。

14　満月を写す鏡

二〇〇〇・一一・三〇

こんにちは、ハナノ

元気で旅を続けていますか?

私たちの街は紅葉も終りに近づき、時雨《しぐれ》に濡れそぼつ街路樹はどこかさびし気な美しさを漂わせています。午後三時を過ぎると、太陽は早や南西の空へと傾き、四時を過ぎるともう夕暮れです。

私は、この晩秋の夕暮れどきが、なぜかたとえようもなく懐しく、このさびいしい感じがたとえようもなく好きだと、つい最近ちゃんと言葉に成りました。冬に向かうこの季節、ほとんどの人が「憂鬱《ゆううつ》になる」とか「いやだわあ、日が短くなって……」とか、「葉っぱが散ってさびしくていやね」と言うので、ごく親しい人にしか好きだとは言えなかったようです。「砂漠にたった一人でいるようだ」という言葉には成っても、「さびしい」という言葉が頭にさえ浮かんで来たことがないのはなんなのだろうと、アサオと語り合っているうちに気がついたのです。母がとくにこの季節をいやがっていたり、さびしい感情は忌むべきもののように語っていたことが、この言葉を意識、自覚せぬうちから封印していたのだと悟りました。アサオは真剣な面持で言ったものです。

「さびしい感じがわからないってたいへんなことだよ。日本古来の芸術《アート》は、ほとんどわび・さびでしょ?」

こんなふうに言われては、いかにニチブンの私であろうとグサッと来ました。この列島で生まれ育ってきたのに、これでは日本人じゃないと言われているようなものではありませんか。アサオは言いました。

「さびしいという言葉で思い出すのは、なに?」

私は答えられませんでした。しばらく二人は黙っていましたが、アサオが「私はね」と口を開き、訥々《とつとつ》と語り始めました。

「さびしいという言葉で思い出すのは……えーと、運動会とか……それから……学園祭とか……終ったあと……。ああ、もう終っちゃったんだなあって……さびしい感じになるの……」

長い沈黙のあと、私は言いました。

「私は……さびしい感じで思い浮かぶのは……秋……かな。特に今時分の季節……。でも……この季節がいちばん好きなのよ。どの季節も好きだけど、この……はっ! 私、さびしい感じが好きなんだ!」

アサオはかすかに笑みを浮かべてぽつりと言いました。

「私も……あの感じが好き……」

アサオとの語り合いは、まさに私自身がクライエントでした。

こうしてわかると、誰かにも聞いてみたくなるようですね。たまたま電話をかけてきたアンズがその餌食《えじき》になりました。私は、彼女にアサオとの対話の件をかいつまんで話し、アンズはさびしいという言葉で思い浮かぶのは何かと聞きました。彼女はしばし思いめぐらしていたようでしたが、あまり間をおかずに答えてくれました。彼女は「季節を問わず夕暮れどきで、私はだれ？　ここはどこ？」という感じになり、「強い郷愁の想いに囚われる」と語ってくれました。これは私にかなり強い印象を与えたようでした。私は夕暮れどきにどんな感情を抱くのだろう？

翌日、買い物から帰ってきた車の中で、私はしばし日没の空を眺めていました。太陽が奥羽山脈の彼方《かなた》へと沈んだあと、西の空はその色を刻々と変え、東の闇が翼を広げるようにして、茜色の雲を抱きかかえてゆきました。その光景を眺めているうちに、私はひどく懐かしい想いに囚われ、この街に限らずどこにいても晩秋の夕暮れどきは故郷にいるという感じがするなあ、と思ったとたん、どうしたことか涙があふれて止まらなくなってしまいました。ブラッドベリの『十月はたそがれの国』ではないけれど、私はかつて、「十一月はたそ・かれの国」に住んでいたような気さえしていました。

晩秋のさびしい感じが好きだなんて、きっと冬の日本海側の厳しい自然を知らない人間のたわごとなのかもしれません。そしてまた、一人暮しをしたことのない贅沢《ぜいたく》な人間のたわごとなのかもしれません。

夕暮れどき……アンズは自分の古里にいてもどこか遠い故郷《こきょう》を想い、ハコベは古里に限らずどこにいても故郷にいるという気がしてしまうなんて、二人はまるっきり逆の想いを抱くようだけれど……「懐しさ」という意味では共通していると思いました。そして、アンズもまた「さびしい感じ」が好きなのだと思いました。

今日の業《わざ》を為し終えて

心かろく　やすらえば

ドヴォルザークの「新世界」とミレーの「晩鐘」が同時に現われ、神々の一年の業《わざ》と一日の業《わざ》を為し終るこの時期、この時刻はなにやら神聖なひとときに思われました。

一一月二三日、かつての新嘗祭《にいなめさい》（その年の収穫を祝い、感謝して会食する祭）の日、ヨモギの誘いでぺんぺん草のメンバーと一緒に、ハスイケさんというお坊さんのところに行ってきました。「密教瞑想と写経と精進料理を食べる会」と銘打ち、ぺんぺん草貸切りでした。ハスイケさんは、お寺を持たないお坊さんだったそうですが、来年四月、四国のお寺に住職として行くことになり、ヨモギはその前に是非ともぺんぺん草のメンバーに引き合わせたかったようです。ヨモギやアンズは何度かこのお坊さんにお会いしたことがあるようですが、私は初めてお目にかかりました。四〇歳になるかならないかの、スリムで背の高いハンサムなお坊さんでしたが、やはりお仕事柄なのでしょうか……中性的なムードを漂わせている方でした。自然の食材や自分の家の小さな畑で有機農法によって栽培した食材を、まるごと使った料理教室を開いたり、頼まれてお経に行ったり、講話なさったりしているそうです。壇家を持たないので定期的な収入が無いにもかかわらず、講師料などは一切頓着しないらしく、今どき珍しいお坊さんだと思いました。

私たちは最初、ハスイケさんの講話を聞きました。最も心に残ったことは、「キリスト教や仏教は、瞑想の宗教と言ってもよく、その最終目的は自分の心を知ることである」というものでした。私は即座に、ユングの述べていた「自己を知る」ということが思い出されました。そして、もしかすると、瞑想の宗教もカウンセリングも心理療法も、その最終目的はこの一語に尽きるのではないかと思いました。ハスイケさんは、まるで仏像のように心もち目を伏せながら、静かに語り続けていました。

「人間は誰でも、心の中に美しい満月を写し出す鏡を持っております。」

そう言いながらハスイケさんは、五本の指を自然に開き、右手を上に、左手を下にして、胸のところでまん丸いお月さまを抱くようにしました。

「けれども、その鏡が曇っていて、満月がきれいに写らなくなっています。この曇っている鏡を、もとのきれいに写し出す鏡にするために瞑想します。瞑想するときは、美しい満月を心に想いながら、」

と、ハスイケさんは胸のあたりに抱いていた〝満月〟を愛《いと》し気に見やりながら続けました。

「夜、寝る前にでも一〇分か二〇分、お線香の火が消えるまで、真言《しんごん》のアビラウケンを唱えながらするとよいでしょう。」

目は閉じるか、半眼がよいということで、私たちは、真言密教《しんごんみっきょう》のお経を唱えたあと、瞑想に入りました。私は、なんとなくフォーカシングもこれに似ているなと思いました。高校生のころ、週二回、坐禅をしに近くの臨済宗のお寺に通ったことも思い出されました。

初めのうち、私はきれいな満月だけを思い浮かべていたのですが、いつのまにか口の中でアビラウケンと唱えているだけで、なんとまあ、いろんなイメージが湧いてくること湧いてくること！　――イエスが荒野に籠《こも》ったときのこと、真言密教と山嶽《さんがく》信仰の奇妙な結びつき、先住民の豪族と渡来人の豪族との関係、吉野、熊野、出羽三山といった聖なる山々の関係、吉野に近い伊賀、忍者のもとは修験者《しゅげんじゃ》かといった想像、羽黒山神社前の池の中にあったという大量の鏡のこと、父方の祖母が嫁ぐ前の姓はカガミであったこと、三内丸山の栗の木の高い櫓《やぐら》と出雲大社《いずもたいしゃ》の高い神殿とがよく似ていると思ったこと、出雲《いずも》の言葉が東北地方、特に秋田や山形の言葉とよく似ているといわれていること、かつて列島の表玄関であったという日本海を自在に行き来した人びとのこと、海の民、山の民、葦原《あしわら》の民……飛び交う謎、謎……満月はすっかり消えて無くなり、私はタイムトラベルしていたのでした。

まったく、心を虚《むな》しゅうすること、「心斎《しんさい》」ほど難しいことはないと痛感しました。この分では、美しい満月をそのまま写し出す鏡とでも言うべき真の自己を知るなんて、一生かかってもできはしないとさえ思いました。明鏡止水《めいきょうしすい》。なんとなく心ひかれていた言葉でしたけど……実際そうなれるかどうかとなると、至難の技なんてものではありませんね。

帰りの道みち、車を運転しながら、ふと、かつて老賢人がおっしゃっていたことを思い出しました。

「カウンセリングは科学でも宗教でもなく、かつまた科学でもあり、宗教でもある」

同時に何十年も前のワークショップで「カウンセリングはアートです。」「言葉でわかろうとするんですか?」と、おっしゃったそうだということも思い出されました。—なるほど、そうか。カウンセリングと呼ばれていることは、人間のすべてに関わっていて、いかなる分野にも分類できないし、かつまた、概念である言葉によって定義などできはしないのだ、と私はあらためて感じ入りました。人間が生きているということは、言いかえれば、刻一刻と変化する過程そのものとも言えるでしょう。その刻々と変化していることを分類し定義したとたん、その真の姿・実態とは、まったく違ったものになってしまうのでしょう。言葉はいわば、現地を表示した地図であって、現地そのものではないのですから。

老賢人との学習が多岐にわたっていることも、このことをよく表わしていると思いました。そして……私は、何かわかったように言いふらされていることの方が要注意だと思いました。「〜は、最も論理的な宗教である」「〜は、最も科学的な宗教である」といった、さもわかったような言葉に惹かれて、多額のお金をだまし取られたり、犯罪を犯すことになった人びとの暗い影が、私の脳裡をよぎって行きました。それは、あたかも見えない鎖につながれているかのように、一列に並んで闇の中へと消えていきました。

明日から師走。二〇〇〇年もあと一ト月を残すだけとなりました。

誰も知らない新世紀来る　　紅舟

一九九八年一二月からの俳諧《はいかい》学習会『冬灯《ふゆともし》』の巻《まき》に登場した一句です。世代を継いで生きてゆくのも滅ぼすのも人間次第。ＩＴが無くても、バイオテクノロジーや携帯電話が無くても、三〇年前だって人間はけっこう豊かに生きてこられたのだし、貨幣の無い三内丸山のように五千年前でさえちゃんと生きてこられたのだから、目先の華々しさやマスコミの宣伝文句に躍らされないよう注意深くありたいものです。情報が多すぎるのも人の心を惑わしますから。

赤紫の庭の小菊が、泉颪《おろし》の寒風に懸命に耐えているのが見えます。ふと、「数学は情緒だ」と語ったという、数学者・岡潔の別の一句が浮かんできました。「すみれはすみれのように咲けばよい」。そうね、小菊は小菊のように、ハコベはハコベのように、丸ごとハコベで咲ききればよいのですよね。もしかすると、私たちは、だれもかれもが「成功」という言葉に踊らされて、華やかな薔薇や蘭の花になろうとしていたのかもしれません。すでに形《かたち》成《な》し心《こころ》成《な》していることは知らずに……。

このように、私の気づいたことも含めて、今まで私に深く関わってきた人びとに、この一年の変化の過程を報告できればと願いながら、伝統の手作り万年筆を片手に、原稿用紙に向かっています。

どうかハナノ、永遠の花の野原から、応援してて下さいませね。

それでは、またね、

心をこめて

ハコベ。

二三時五〇分。

15　ハコべはハコべのままで

二〇〇一・元旦

新愛なるハナノ、
二一世紀最初の一日をいかがお過しですか?

私は、少なからず複雑な想いを抱きながらも、世の常なる新年の挨拶を母と交し合って今日の日を迎えました。

朝六時、日の出前に起きて外を見ましたけど、東雲《しののめ》の魔法の色もなく、濃い灰色の雲がたれこめていたので、日の出は見に行きませんでした。晴れた朝、必ず初日の出を見に行きます。

昨年九月下旬から、私の退職にまつわる内的世界の「レポート」を作成していたところ、年末になってとても興味深いことを発見しました。私たちは、事の渦中にいるときには気づかないで、後になってから「あれ? あの時のあの出来事は関連があったんだ……」と、思うことがよくありますよね。そういう類《たぐい》の発見だったのです。二年前の三月、自費出版の件で占って、坤為地《こんいち》の卦《か》が示されたことに私は驚きましたけど、その一年前の元旦に今年の運勢を占ったとき、なんと坤為地《こんいち》に之《ゆ》く可能性を暗示されていたんだ！　ということに気づかされたのでした。そのとき示された卦《か》は、一番目の乾為天《けんいてん》、初爻、四爻、五爻に変爻《へんこう》が出ました。

本卦《ほんか》

①乾為天《けんいてん》

変爻が三つも出て、七つの之卦《しか》と合せて八つの卦《か》になり（二の三乗）、どう読んだらよいのやら皆目見当もつかず、亀山に持参してみんなにも検討してもらったのでした。結局、的を絞るための内省が、不十分だと読みにくい卦《か》が示される傾向にあるらしいことがわかりました。けれども、その時の話し合いで、私の一番気になっていることは、「仕事のことだ」ということに気づかされました。私は仕事の愚痴をみんなに聴いてもらいました。ヒバリさんには、冗談めかして「（八つの卦《か》のうち）好きなの選んだら？」なんて、笑いながら言われたものでした。そう言われても之卦《しか》を出すのも困難でどれが好きかも決められませんでした。仕方がないので帰宅してからたいへん苦労して七つの之卦《しか》を出し、検討したのでした。

『易経実践』（河村真光・光村推古書院）も引っぱり出し、乾為天《けんいてん》の項目を読み、——これは、ただならぬ卦《か》だ、と思いました。「強い波長だから危険もある」「逆転の機運」「普通の生活人にとっては荷が重すぎたり、多くは望ましくないものである」。この最後の文章は特に気にかかり、私は、とにかく剛強に前進するようなことはしないで、おとなしく自重していようと胆《きも》に命じたのでした。そもそも、生物学的にも生理学的にも女性でありながら、男性性の極地である「天」を象徴する卦《か》が出るのは、それだけでただならぬ事だと思いました。

このように思ったことには訳《わけ》があります。

一九九六年、「易経とカウンセリング」の第一回の講座のとき、私は自分の本来性を占いました。そのとき示された卦《か》は次のようなものです。

本卦《ほんか》

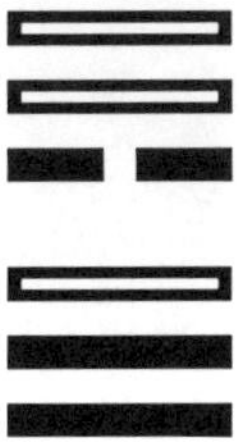

⑨風《ふう》天《てん》小《しょう》畜《ちく》

この卦《か》の名称を見たとき、私は初めいたくがっかりしました。畜生、家畜、貯蓄、蓄積の「畜」で、それに「小」がついているものですから、小動物や貯金の少なさを思い浮べてしまったのです。ところが老賢人がにこやかに

「柔よく剛を制すだねえ。」

と、おっしゃったのでした。驚いた私は、あらためて本に目を落としました。そこには、「剛を制する道」と記されていました。そして、この卦《か》のたった一つの陰が、他の五陽の剛強すぎるのを「少しくひき畜《とど》める」卦であると述べられていました。少しだけとはいえ、私はこの一陰がとても健気《けなげ》な存在に思われたものでした。もし、この一陰がなかったら、私は「鉄の女」どころではなく、もっとハナモチならない女になっていただろうと思っ

たのです。また、老陽（□）が多いことにも意味がある、と気づかされました。幼少期から青年期にかけて、私は、積極的で行動的で、正義をふりかざす傾向にあり、自分の意見をハッキリ述べ、売られた喧嘩は買うといったいわゆる男まさりの女の子でした。男性が九割という放射線技師の仕事を選んだのも、この陽的な性質の現われだったかもしれません。そして紅一点で三〇年仕事を続けてこられたのも、この陽性に由来していたのかもしれません。この陽的な性質を、内心秘かに得意に思っていたフシさえあったように思われます。けれども、フェミニズム運動の波をかぶり、出産、子育てを経験し、つれあいとの葛藤を通して、私は少しずつ女性性に目覚めていきました。このような半生をふり返り、三つの老陽の意味は、今後も女性性――つまり、陰的なはたらきを獲得していくよう促《うなが》されている、と思われました。というのも、カウンセリングには受容、直観、洞察力、全体性、異質の協力といった陰的なはたらきがとても重要であることを、それまでの学習で痛感していましたから。

そんな私に、一九九八年、「今年の運勢」を占って示された卦《か》が、六爻《こう》全部陽の乾為天《けんいてん》では、「ただならぬ！」と思うのも無理はないでしょう？

ところが、退職に至る内的世界をレポート用紙に書きなぐっているうちに、はっとしたのです。「逆転の機運」というひとことが甦りました。――乾為天《けんいてん》（䷀）と坤為地《こんいち》（䷁）はワンセットで、いつ一気に転換するのかわからない卦《か》だったんだ！　と。

一九九九年三月、問いの内容は絞られていて、「今年の運勢」といった漠然としたものではありませんが、運勢に関わっています。それが、一気に転換した坤為地《こんいち》だったではありませんか！　私は思わず、

「なによ、これえ！」

と、小さく叫んでしまいました。

一九九八年、乾為天《けんいてん》を示された私は、――一気に転換するのは並大抵のことではない！　と強烈に感じました。当時の環境と私の心理的状況から推察すれば、之卦《しか》は老陽全部が陰に変わる⑱山風蠱《さんぷうこ》――「禍《わざわい》転じて福となす」が近いと感じられました。けれどもここで、意識的、我欲的なはたらきが加わったようでした。「福となす」ような私自身のありようが問われ、それはまったく自信がありませんでした。そもそも、山風蠱《さんぷうこ》も一気に転換する卦《か》に等しいと思われました。壊乱したあと、どう再建するかという卦《か》なのですから。――一気にはたいへんだ！　と私は思い、それで願いとしては、一ケずつ陰的なはたらきを獲得していきたいなあということで、之卦《しか》は㉖山《さん》天大畜《てんだいちく》（☶☰「大いなる畜積」）を採《と》ることにしたのでした。でも、今になって思えば、「乾・坤は絶対」ということと、基本はあくまでも本卦《ほんか》だとするなら、一気に転換する可能性は大いにあったんです！　でも、そんな……一気に転換するなんて……考えたくもなかったのです。

　でも、でも、天地につながる核たる自己と呼んでいいかどうかもわからぬ何者かは、そんなあぶくにすぎない私の意識的・我欲的思惑や個人の希望・願望など、まったくおかまいなしだったのです。そのうえ、それはちゃんと知っていたのです。「ハコベは決断せざるを得なくなるだろう」と。―ああ、「天地は不仁《ふじん》」（『老子《ろうじ》』第五章）とは、こういうことか、と私は愕然としてしまいました。人の先に生じた天地に、「仁」という「礼にもとずく自己抑制と他者への思いやり」（孔子の道徳観念）があろうはずはないのですから。生じるがまま、滅するがまま……。

　これは私にとって凄じいまでのショックを与えました。なぜなら、このことは、私が（我）何になりたいとか、私が何を好きだとかいうこととは、まったく関係ないということを意味していたのですから。つまり、私は、自分がしたいこと、好きなことをしていれば、自ずと道は開け、この世に生を受けた意味や為すべきこともわかってくるだろうと秘かに思っていたのですけど、それがもののみごとに粉砕されてしまったのです。
私の脳裡に処刑の前夜のイエスが浮かびあがってきました。「父よ、御心《みこころ》ならばどうかこの杯《さかずき》を我より取り除き給《たま》え。されど我が心のままにあらずとも、御心《みこころ》のままに成し給《たま》え……。祈り給うこと、いよいよ切に、その汗、地に滴《したた》り落ちて血の雫《しずく》の如《ごと》くなれり。」（ルカによる福音書）イエスだとて、三二、三歳の若さで死にたくはなかったことでしょう。逃げようと思えば逃げられたでしょうに……女性の弟子が残り男性の弟子たちは皆逃げたのですから。脂《あぶら》汗を血のごとく滴《したた》り落しながら、イエスは逃げませんでした。いえ、もはや逃げることはできなかったのでしょう。なぜなら、イエスは、「全能で自由で、聖書と教会の上に立ち、自らの自由を分かちあうために人間を求め、無条件で神の命令を満すために、人間に自分の見解と信念とを棄てることを強いる、直接的で生きた神」（『ユング自伝　1』）を知ってしまったのでしょうから。
『ユング自伝　1』の「学童時代」という章には、また次のように記されています。

「人間は、神にすっかり身をまかせなければならない。つまり神の意志を満すこと以外には何も重大ではない。さもなければ、すべては愚かしく、かつ無意味である。神の恩寵《おんちょう》を体験して以来、私の本当の責任が始まった。」

「神」という呼称が気にいらなければ、「天」と呼んでも、「仏」と呼んでも、「ブラフマン」「アラー」「グレート・スピリット」と呼んでもかまわないと思います。

名の名となすべきは常の名に非ず。　（『老子』第一章）

「神性」には名前は付け難く、かつどのような呼び名―地域、風土、文化、その地の人びとに合った呼び名でも、お許し下さっているのでしょうから。

一二、三歳でユングが気づいたことを、私は五二歳にして突きつけられた感じに襲われ、またしてもなんてことだ!!　と血の気がひいていく感覚にとらわれました。老賢人がかつて、

「天に任せきるということが、なかなかできないんですなあ……」

と、身につまされるかのようにおっしゃったのは、きっとこのような意味だったのです。

まったく……ほんとうにそう簡単にはできはしません。私は、ますます渾沌とした、とんでもない世界の深みにはまってしまったような気さえしてきたのでした。

そんなある日、ぺんぺん草の忘年会へと行くべく、バスに乗ってぼおーっと窓の外を眺めていたとき、ふと、――私は今、生まれたばかりの赤ん坊なんだなあ……という想いにとらわれました。心もとない小さな赤ん坊、不快であっても、怖くても、おなかがすいても不安でも、ただピーピーと泣くしかない小さな赤ん坊……もはや、すべてを任せるしかない小さな小さな赤ん坊……なに気なく宙を仰いで、――私はもはや、あなたにお任せする以外ありません……と心でつぶやいたとたん、どうしたことか、じわ〜っと涙がにじんでしまいました。

裸になった街路樹たちが美しい枝を精一杯伸ばして、天を仰いでいました。大地にしっかりその根を降ろして……。

今まで私たち母子の生命活動の一部を支えてきた医療の世界にはもういられません。かといって、ハッキリし

た未来の青写真もありません。未来は、巨大なゼロであり、まっ白なキャンバス、何も無い空間、未知未明の暗がりであるのかもしれません。けれども、この何も無いところに、かすかな火を灯し、彩りを添えるのは、私たち一人一人であり、一つ一つのいのちなのでしょうね。その何も無い未来に入っていくのに、自然の一部であるそれぞれのいのちは、不安と心もとなさを抱きながらも、未知への興味に衝き動かされつつ勇気を奮い起こして歩んできたのかもしれません。もともとそなわっている生命感覚を頼りにし、恵みの方が多い天地自然のはたらきを信じながら……。

震《ふる》いて行けば眚《わざわい》なし・(震為雷《しんいらい》・六三《りくさん》)

……と書いてて、ふと思いました。もしかすると……私たちが生きていくというそのことじたいが、一寸先のことさえわからぬ巨大なゼロ、未知未明の暗がりに入っていくようなものかもしれないと。ということは……冒険や旅とは縁のなさそうな人でも……誰でもかれでもが、ほんとうは日々刻々と冒険的な旅をしている、ということではないでしょうか……。私はこの夏、「易経との出会いのレポート」に、未知の暗がりに入っていくために「勇気をお与え下さい」と書いたけれど、もしかすると……この勇気もまた、もともと私たち人間も含めたあらゆるいのちにそなわっているのではないでしょうか……そうよ！　この勇気がなかったら、誰が海から未知の陸地に上がってみようとするでしょうか！　誰があのイボイボの気味の悪いホヤを食べてみようとするでしょうか！　生存に関わるような事態に直面したとき、いのちは「震《ふる》いて」、とにかく行《おこな》ったのです！　そうやって私たちは、何十億年も命を繋いできたんです！　いのちって……なんて健気《けなげ》で逞しく勇敢なんでしょう！　そのような性質の遺伝子が、きっと私たち一人一人にも受け継がれているんです。今、一部の人間たちには利益を生まない、役に立たないと思われている、ジャンク（ゴミ）と呼ばれる遺伝子が、いざとなったとき覚醒し、互いに密接に関わりあいながら、生きていくための予想もつかないアイディアを思いつかないと、いったい誰が言えるでしょうか。毒を食べても死ななくなったクマネズミの例は、このことを証明しているのではないでしょうか。それが進化とか成長とか言われていることなのではないでしょうか……問題なのは、私たちが、生まれながらにしてそなわっているそれらの性質を信じられるかどうかだけなのではないでしょうか。その性質を信じて、なんにも無い未来へと向かってとにかく歩いてみよう、今、わからないことがたくさんあっても、とにかく行ってみよう。そう思ったら途方もなくたいへんなことだと気負っていた思いが、しゅわっと溶けていきました。

「レポート」作成中に気づいたことをもう一つ書こうと思っていたのに、なんだか突然あらぬ方向へ飛んでしまったようですね。

そのもう一つのことというのは、一九九九年三月に示された坤為地《こんいち》二爻変《こうへん》の卦《か》は、地震や多くのハコベが戦うことを意味していただけではなく、別の意味も暗示していた、ということに気がついたのでした。

退職してから少し時間に余裕ができたので、亀山に行くとき、私は前日の上京を少し早めることができるようになりました。その時間を活用して、神田・神保町の古本屋街に行きます。そして、易経関係の本がたくさん並んでいる古本屋さんで立ち読みします。その中の一冊に下卦《かか》、あるいは互卦《ごか》（二、三、四爻を下卦《かか》とし、三、四、五爻を上卦《じょうか》とするもの）の下卦《かか》に、水（☵）が出た場合、なんらかの病気が潜んでいるとも読める、というようなことが記されていました。私の場合、下卦《かか》の老陰が陽に転じれば地水師《ちすいし》となり、下卦《かか》は水になります。私は、はっとしました。もしも、意識が「外界へ現われようと欲している」無意識をうまく抑えこんで、それさえ自覚、意識化できなくなるような状態で仕事を続けていくことができたとしたら、「無意識的な葛藤は、身体の健康状態に重大な影響を及ぼすことになりうる」(『ユング自伝』)事態になったかもしれない、と思いました。一年前、私は地震や戦《いくさ》を象徴した卦《か》が、病のことも暗示しているとは読めませんでしたので、内心ヒヤッとしました。そして、内なる主権者は、かなり前からこのことを知っており、――このまま仕事を続けていたら何か大病を患《わずら》うかもしれない、と自覚を促《うなが》すようななんらかのメッセージを送り続けていたのだと気づかされました。私にとって、一九九九年という年は、まさに生きるか死ぬかの瀬戸際だったことを、このとき思い知らされたのでした。

「レポート」の切りのよいところで、掃除をしようかと立ち上がったとき、周囲に散らばった書き損じのレポート用紙が目に飛び込んできました。――画家は一枚の絵を仕上げるのに何十枚もデッサンするそうだけど、文章を綴るのも似たようなものだなあ、と思いながら拾い集めました。と、突然、俳諧《はいかい》学習会のときに消えていった多くの句のことが浮かんできました。連鎖反応を起こしたかのように、次々と別のイメージも浮びあがってきました。受精できすに消えていった多くの精子や卵子。精子は生命力のある仲間の一人を前進させるために、別の精子グループを阻止するべく、前戦防衛隊になるとか……。ブナの森に毎年落とされるおびただしい数のブナのタネ。まがりなりにも木になれるのは、その中のたった数個……。突如、電光石火!

――消えていった多くの者たちがいなければ、一個は無い! 一個は、消えていった多くの者たちにも支えられ、生かされていることの証しだ! この一個にすべてのもの、すべてのいのちがすでに凝縮されているんだ!

多即一　一即多

この世界にジャンク（ゴミ）などあろうはずはないのです。すべてのものにいのちあるからこそ、「勿体ない」という言葉もあるのです。

一本のハコベは多くのいのちの凝縮です。そのハコベは、明在系の多くのハコベと共にこの冬、消えてゆく運命にあります。けれども来春、これら消えていったハコベや他のいのちを凝縮した別のハコベたちが新しく生まれてきます。そして、小鳥や山羊やヒトのいのちを支え、時には心を和ませます。そうして自然界の壮大で豊かなドラマに参画、寄与しつづけてゆくのです。これが、「永遠のいのち」ということではないでしょうか。

近代科学技術文明を享受し尽した私たちは、このことがまるで眼中になかったのではないでしょうか……。西洋の魔女狩りの反動から生まれたルネサンスを経て、産業革命から出発した近代科学工業社会に世界中が右倣《なら》いすれば誰もが「豊か」になれると信じ込み、「身勝手」を「自由」とはき違え、我欲を満たすことが「個の確立」などと思い込み……多くの神々とでもいうべき多くのいのちを絶滅に追いやってきました。消えていった多くのいのちがいなければ、私たち一人ひとりの今ある命もないことに気づかず、多くの名も残らぬ人びとがいなければ、一人の王や大統領もなく、国家さえ形成されないことなど考えたこともなく、私たちはひたすら「自分が」のみの「自己実現」――お金と名声を目指してひた走ってきたのではないでしょうか。これは、ほとうは「自我実現」だったのです。「自己虫（中心）さん」も、ほんとうは「自我虫（中心）さん」なのです。わからないことの始まりに「集合的無意識」と名づけたユングが述べる「自己実現」は、決して決して、私たちを支え、生かし、未来を託して消えていった多くのいのちのことを忘れてはいないのですから。

ふと、ガンジーが述べた主旨が思い出されました。

「イギリスが武力でもってインドを占領・支配したのではなく、自分たちの手足を正しく使って働くことをせずに金儲けができるということのために、インド国民が自分たちの国をイギリスに差し出したのです。」

これと同様のことが、私たちにも言えるのではないでしょうか。人間本来、生き物本来の生命力を喪失していくような世界を作ってきたのは、ほかならぬ私たち自身だったのではないでしょうか。汚職にまみれた政治屋たちのせいでもなく、金儲けに目が眩んだ大企業や銀行のせいでもなく、私たち自身がお金さえあればかつてのヨーロッパの王侯貴族のような、物に囲まれた豊かで贅沢な暮しができると夢見て、大量生産された物や有名デザイナーのブランド品を買い込むために、カロリーの高い美味しいステーキを食べるために、流行に乗り遅れないために、自らのいのちという時間を売り渡し、主権者としての責任を放棄して、誰かなんとかしてくれると思いこんでいたことが、これらの政治屋や大企業を育ててきたのではないでしょうか……。一九三〇年代のヨーロッパで、一人の独裁者ヒトラーを育て、支えた『五千万人のヒトラーがいた』(八木あき子・文芸春秋社)ように。そして、それと引き換えに、私たちはかつての王侯貴族しか患《かか》らなかった糖尿病や憂鬱症といった病《やまい》も引き受けることになり、市場再分割の武力を伴った争いにもまきこまれそうなムードを孕ませているのです。

ハナノ、私たちの若い頃、多くの若者たちは社会や制度が変われば、人びとの意識も変わってくると思っていましたね。私は当時、同時進行だと思っていたのですけれど……私もハナノも、自分自身の経験から制度が変わっても意識はそうそう変わらないということを身をもって知りましたね。「男女平等」も、産む性である女性に合わせたものではなく、健康な成人男子に合わせた平等を意味していて、これは、効率的な搾取を企んでいると感じていましたね。だからなおさら、子どもやお年寄りや障害のある人びとには生きにくい世の中なのだ、と。

今、ここに至って私は、ほんとうは、多くの人びとの意識が変わってきて、社会や制度が変わってくるのではないだろうか、と思い始めてます。歴史的な大転換期の出来事は、皆そうだったのではないでしょうか。そして、今の制度やシステムも、草の根的に目立たず広がりつつある意識変化という間尺に、もう合わなくなっているような気がしています。ちょうど、私になんらかの意識変化が起こって病院勤めをしていられなくなったように。ジグソーパズルの「窮屈なんだよ」は、もしかしたら世界的・地球的規模なのではないでしょうか。人類のたましいが育ってきて、それを容れる容器——制度・システム・文明——が手狭《てぜま》になってきているのではないでしょうか……。

こうしてハナノに手紙を書いてみると、「レポート」作成は単なる報告ではなくて、今まで気づかなかった、あるいは知らなかった自分自身と出会う作業にもなっていたと思いました。これって……私の内にあるという鏡を磨いていることになるのでしょうか？

少なくとも、退職したばかりの頃のあの不安は頭をもたげてこなくなりました。街にはめったに出かけないので、お金もそんなに使わずに済んでいます。振り返ってみると、今まで必要のない物を、「すてき！」「かわいい！」と思っては、目で買物をしていたようです。ウォーミングアップと称して、喫茶店でモーニングやアフタヌーンのコーヒーも飲む必要がなくなったし、外食も必要なくなりました。チビッコでも畑で採れた野菜を食べ、生ゴミを少なくしようと同じ食材を調理法を変えて腐る前に食べ切るようになりました。

私の希望する現金収入のある仕事はまだ見つかりません。教育・福祉関係の相談員かそのお手伝いを、と職安にお願いしましたけど、退職された教員や資格の取りやすいグループの方々でいっぱいのようです。私もそのグループに行けば？　という知人もいますけど、認定されるのが日本一難しい、老賢人が創設なさったところで学習を続けていきたいです。なぜなら、人間のこころは、どんな資格や知識も及ばないほど、深くて広く、そして刻々と変化しているのですから。従弟のマサキや学生時代のクラスメートが土曜日に来てくれないかとありがたいお誘いをかけてくれたのですが、亀山やワークショップに行きたいからとお断りしてしまうなんて、贅沢《ぜいたく》なのでしょうね。いよいよもって自分でできる仕事を見つけるしかないようです。高村光太郎の詩、「道程」が涼やかに耳に甦えります。

ぼくの前に道はない
ぼくの後ろに道はできる

遺伝子に受け継がれ、生まれながらにしてそなわっているいのちの逞しさを信じ、立冬に死んだハコベは、一《いち》陽来復《ようらいふく》の冬至に生まれたハコベにバトンタッチして、何も無い、まるでわからない未来へと入ってゆく旅を続けます。一本のハコベは決してひとりではないのですから。そして、いつでも、今、この時が出発ですから。

この手紙を書くまで、まだいくらか薔薇や大樹になろうとしていたハコベもいましたけど、消えて行った多くの者たちに教えられました。天にすっかり任せて、ハコベはハコベのまま丸ごとハコベで咲き切って、神々の前に生まれたままの姿で召し出されたとき、しっかり顔を上げて堂々と立っていられるようでありたい、と思いました。どうかハナノも見守っていて下さいませね。

どこかの星で、たまたまあなたと隣合せに坐ったとき、お互いにどんな姿形になっていようとも、きっと懐しさで、私はあたたかく幸せな気持に満たされるでしょう。

「失礼ですが……どこかでお会いしませんでしたか？」

「いえ……あっ、でも……そう、どこかでお会いしたような……」


そうして、ここからまた、一つの新しい物語が始まるでしょう。

そのうち、百億と千億の彼方《かなた》でお会いしましょうね。

とりあえずは、今年四月七日、ハナノの誕生日にぺんぺん草のメンバーが揃って会いに行きますから、あの竹林の途切れたところでお会いしましょう！　旅の途中でしょうけれど、三千人のハナノの一人でもいいから、ワープしてきて下さいな。

あちらの世界では三千人どころではない？

いいわよ、何万人でも何億人でも。どっとワープして来て下さいな。

わあお！　万聖節みたいね。面白そう！　ワイン持って行かなくちゃ。


それでは、またね。

春たけなわになるのを楽しみにしています。

心をこめて

ハコベ。

あとがき

この本は、私のごく個人的なこころの軌跡です。それはまた、夢や易を手がかりにして、「私」という小宇宙《ミクロコスモス》と身近な環境をも包みこんでいる大宇宙《マクロコスモス》との関連を模索する旅にもなっていきました。

校正の段階で、新たに気づかされたことや自分の書いたことに不十分さを感じたりしましたが、何度推敲を重ねてもこれで十分だと満足することはないだろう、と思いました。その時その時の私の「今」であったことをお含みいただき、どのような反応なりとも、御意見、御批判を賜りますならば幸いに存じます。

校正中に、執筆前から感じていた不安と怖れが現実のものになってしまったか、と思わせるような出来事が起こりました。

富と繁栄の象徴として天を突くほど高くそびえていた世界貿易センターのビルが、バベルの塔のようにあえなく崩壊していくさまは、私に、全身の血が残らず引いていくような衝激を与えました。それは、科学技術と物質的豊かさを標榜していた繁栄がいかに脆いものだったかを、まざまざと見せつけられた感じでした。そしてまた、そのことに驕りたかぶっていた人間の行く末を黙示しているようにも思われました。決してテロを容認しているわけではありませんが、経済のグローバル化によって個有の文化と誇りを踏みにじられ貧しさを強いられている人々を思うとき、繁栄を享受してきた私は、いったい何ができるだろうか、と自問せずにはいられませんでした。ガンジーの悲願であった「共生き」「非暴力」「自治」が、あらためて思い起こされました。願わくばこの拙い本が、「非戦」の祈りの、ささやかな一部になれれば幸いです。

同時多発テロで犠牲になった方々と、アメリカの空爆によって犠牲になったアフガニスタンの方々の御冥福をお祈りするとともに、今を生きる私たちにいのちを託して、多くの戦争の犠牲になった方々に、心からの祈りを捧げます。


これまで私の生命活動に関わり、さまざまな形で支えて下さったすべての方々に感謝いたします。

私を導いて下さった友田不二男先生（日本カウンセリングセンター顧問）、平河内健治先生（東北学院大学教授。東北カウンセリング研究会会長）、阿相金彌先生（山形カウンセリング研究会副会長）、そしてカウンセリングや易経グループの先輩の方々には特にお礼申し上げます。また、拙稿を丁寧に読んで下さり、多大な御助力を惜しまずに与えて下さいました藤野和子さん（山径会会長）に、厚くお礼申し上げます。そして、拙稿に目を通し、数々の助言を与えてくれた親友・金纓《キムヨン》さん、ほんとうに助かりました。ありがとう！　さらに、職場の方々や職業上の先輩・後輩の方々には、公私ともにお世話になりフォローしていただきました。カウンセリングの学習仲間たちや各地のワークショップで出会った方々は、私に多くのことを気づかせて下さり、学ぶ楽しさを教えて下さいました。保育所の保母さんたちやご近所の方々にもたいへんお世話になりました。ほんとうにありがとうございます。また、人生のさまざまな場所で出会った友人たちや、第二の故郷（ふるさと）・鳴子町赤湯で共に育った従弟妹たちは、それぞれユニークな形でくじけそうになる私を励ましてくれました。ありがとう。

この本は、当初、二〇〇一年一〇月に自費出版の予定でした。ところが、易経の記号や古い漢字の多い手書きの拙稿を、印字にするためにたいへんな労力をおかけしたようでした。そのうえ、校正段階で手違いがあいつぎ、半年を経ても本は完成されませんでした。

昨年暮れには、いやな予感がして中途解約しようかとさえ思いました。けれども私は、逡巡をくり返しながらもそれをしませんでした。完成が遅れているそのことに、何か意味があるように思えてきたのです。そのうち、しだいにある種の好奇心も芽生えてきました。どのような経緯を辿り、どのような結末になるのか、と。妙に落ちつきを取り戻してきた——あるいは開き直ったと言うべきか——ころ、出版を請け負って下さった会社が破産したことを知らされました。例年より雨の少ない、五月末のことでした。

東京の法律事務所から、「債権者・受任通知」と債権内容を記入する書類が届いたとき、胸の奥から自分でも思いがけない言葉が発せられ、からだ中に新しい風が吹きわたりました。

——やっぱり……。面白い!

投資とか株や債券にはまったく無縁だった私は、生まれて初めて「債権者」になったのです。こんな面白いことは、短かい一生のうちでもめったに経験できないことだと思いました。もしかしたら……怒ったり、泣いたり、落ち込んだりしていた私のほかに、このような経験をしてみたかった私もいたのかもしれない、と思いました。もちろん、この半年の間に、多くの方々の励ましや助言があったおかげで心の準備ができていたからこそ、事態を冷静に受けとめられたのだろうと思います。

このことを機会に、私は自身の愚かさも含めてたくさんのことを学びました。早春の亀山で、易経グループのメンバーたちが語ってくれた「鍛えてもらう」という意味は、まさにこのことだったのだと、あらためて感じ入りました。

私は、ただちに再出発に向けての活動を開始しました。そんな矢先のこと、八年ほど前に不思議な御縁で出会った、作家の日向康先生より東京の出版社（同時代社）を紹介していただいたのです。日向先生からの思いがけないお申し出に、私は危うく電話口で泣き出しそうになりました。日向先生の御助言に従って、早速、同時代社に連絡したところ、代表の川上徹氏は拙稿の内容についてはまだ不明だったにもかかわらず、たいへん面倒な仕事を即座に引き受けて下さいました。そのうえ、お忙しいにもかかわらず、ただちに仕事に取り掛かって下さったのです。

日向先生との出会いも不思議でしたが、川上氏との出会いも不思議でした。というのも、川上氏は、今年四月、日向先生からのお誘いで出席した「竹林二先生・記念会」で、たまたま私の隣の席にいらした方だったからです。そのとき、二ヶ月後にこのような関わりを持つようになるとは、いったい誰が想像し得たでしょうか。私は、「これは夢ではないか?」と何度も思いました。

「捨てる神あれば拾う神あり」ということわざがありますが、このときの私にとって、お二人は、まさに「拾って下さった神々」でした。おかげで、想像していた以上に早く再出発できたうえ、これまた想像していた以上に早く出版できる運びとなりました。日向先生ならびに川上氏には、何度お礼を申し上げても足りないほどです。

このように、お二人をはじめ印字を担当して下さった方々や校正を手伝ってくれた友人、そして落ち込んでいた私を励まし続けて下さった多くの方々のお力添えがなければ、本書はこの世に生まれてくることはなかったでしょう。

皆々様に、重ねて厚くお礼申し上げます。

最後に、父母方の両ファミリー、そして母や弟夫婦は、臆病なくせに大胆な（無謀な）私をハラハラしながら見守ってくれていました。亡き父は常に私と共に在りました。また、長女の未来は本文中のカットを、次女の朝生は表紙デザインを手がけてくれました。大自然の揺籃と共に私を育んでくれて、ありがとう。

二〇〇二年七月

たにがわ　ようこ

※なお、本文における易経の記号表示に関しては、著者が責任を負うものとします。

著者紹介

たにがわ　ようこ（谷川　容子）ペンネーム。

1948年　宮城県生まれ。

1969年　東北大学医学部附属診療Ｘ線技師学校卒業。診療Ｘ線技師国家試験合格。宮城県内の病院に勤務。

1972年　２年間の実務経験を経たのち講習と国家試験を受け、診療放射線技師の国家資格取得。

1987年（財）日本カウンセリング・センター共催のカウンセリング・ワークショップに参加。同センター創設に尽力した当時の理事長・友田不二男に出会う。

2000年　病院を退職。

現在、日本カウンセリング・センター系列の学習機関「山径会」会員。種々の講座の中から、おもに「易経とカウンセリング」「ユング」の講座で学習中。

花野へ……　夢・易・ユング

2002年8月10日　初版第1刷発行

著　者　たにがわ ようこ
発行者　川上　徹
発行所　㈱同時代社
〒101-0065　東京都千代田区西神田2-7-6川合ビル
電話 03(3261)3149　FAX03(3261)3237
製　作　い り す
印刷・製本　㈱ミツワ

ISBN4-88683-478-7